KB176671

새봄, 그날을 기다린다

정혜영_경북대학교 교육혁신본부 글쓰기교과 초빙교수

1964년 대구 출생. 경북대학교 인문대학 국어국문학과 졸업. 동대학원에서 박사학위를 받음. 일본 쓰쿠바 대학교 객원연구원, 게이오 대학교 교환교수로 있으면서 일본 근대문학과 한국근대문학 비교연구를 진행했음.
주요 저서로는 『환영의 근대문학』, 『식민지기 문학의 근대성』, 『탐정문학의 영역』, 『대중문학의 탄생』 등이 있고 논문으로는 「다이쇼초기의 일본과 조선의 신여성」(『이향으로서의 일본』, 勉誠출판사, 2016. 일본서 공저) 외 다수가 있다.

경북대학교 인문교양총서 50
새봄, 그날을 기다린다
나혜석의 봄은 다시 왔을까

초판 1쇄 인쇄 2022년 4월 18일
초판 1쇄 발행 2022년 5월 2일

지은이 정혜영
기 획 경북대학교 인문대학
펴낸이 이대현
편 집 이태곤 권분옥 문선희 임애정 강윤경
디자인 안혜진 최선주 이경진
마케팅 박태훈 안현진

펴낸곳 도서출판 역락
출판등록 1999년 4월 19일 제303-2002-000014호
주소 서울시 서초구 동광로 46길 6-6 문창빌딩 2층 (우06589)
전화 02-3409-2060
팩스 02-3409-2059
홈페이지 www.youkrackbooks.com
이메일 youkrack@hanmail.net

ISBN 979-11-6742-337-5 04810
978-89-5556-896-7(세트)

*정가는 뒤표지에 있습니다.
*잘못된 책은 바꿔 드립니다.

이 책은 2021년 정부재원(경북대학 국립대학육성사업)으로 한국연구재단의 지원을 받아 제작되었습니다.

새봄, 그날을 기다린다

―나혜석의 봄은 왔을까

정혜영 지음

경북대학교 인문교양총서

050

역락

목차

새봄, 그날을 기다린다

1. 어색한 한 장의 기념사진

나혜석은 남편 김우영과 함께 1927년 6월 19일 유럽 일주 여행을 떠난다. 그해 3월 조선에서는 홍난파가 이끄는 8인조의 '코리아 재즈 밴드'의 최초 재즈 공연이 열렸고, 5월에는 린드버그의 대서양 횡단비행 성공으로 미국을 비롯한 유럽이 떠들썩했다. 조선은 여전히 식민지 상태였지만 유럽은 제1차 세계대전의 상처에서 벗어나고 있었다. 나혜석 부부는 김우영이 부영사로 있던 8년간의 중국 안동현(현재의 단둥) 생활을 정리하고, 여행을 위해 짐과 세 명의 아이를 부산 시댁에 맡긴 후, 출발에 앞서 한 장의 기념사진을 찍는다.

사진 속 나혜석과 남편 김우영은 감정을 드러내는 것에 익숙하지 않던 당시 조선인들이 그렇듯 경직된 표정으로 정면을 응시하고 있다. 표정도 표정이지만 복장 역시 여행을 앞둔 사람답지 않게 어색하다. 여행을 공무의 연장으로 생각했던 것일까. 김우영은 부영사의 대례복을 입고 있다. 깃털 달린 모자, 연미복에 환도까지 갖춘 복장은 메이지유신이 한창 진행되던 1886년 일본이 유럽 제국의 복장을 본떠 도입한 일본 고위 관리의 행사 예복이었다.

공식 예복을 갖춰 입은 김우영과 달리 나혜석은 유럽 최신 유행이었던 플래퍼 룩 스타일로 차려입고 있다. 클로슈 햇, 모피를 두른 오버코트, 가죽구두를 조화시킨 패션은 모던하고, 자유롭기는 했지만 김우영의 규범적 모습과는 전혀 어울리지 않는 차림이었다. 게다가 1927년 6월 19일 부산날씨는 맑고, 약한 남서풍이 불며 기온은 이십 도를 넘어선 전형적인 초여름 날씨로 목이 올라오는 연미복과 털 코트를 입을 상황은 아니었다. 그렇다고 이들 여행의 최종 종착지 파리가 겨울을 맞고 있는 것도 아니었다. 파리 역시 초여름이 시작되고 있어서 사진 속의 옷차림을 하려면 수개월은 더 기다려야 했다.

계절이나 상황 모두 무시한 채 갖춰 입은 이 옷차림에서 나혜석 부부가 여행을 앞두고 얼마나 들떠 있었는가를 읽을 수 있다. 당시 조선인들에게 유럽은 환상의 영역이었다. 조선 최초의 서양 사절단 일원으로 처음 미국 땅을 밟았던 유길준이 그곳에서 전기(電氣)를 접하고는 '마귀의 힘'이라고 소스라치게 놀랐던 때로부터 오 십여 년이 지난 때였지만 조선인들에게 유럽은 여전히 알 수 없는 땅이었다. 코가 높고 눈이 파란 서양 선교사들이 여기저기에서 모습을 보여서 서양이라는 세계가 있는 것은 알았지만 그냥 그뿐이었다. 조선인 중, 초등교육을 받은 사람이 전 인구의 5프로도 안 되던 때여서 프랑스, 독일, 스위스, 미국과 같은 나라의 이름을 알고 있는 사람도 드물었다.

사진 1 | 여행에 앞서 촬영한 기념사진 (1927. 6.)(수원시립미술관 소장)

나혜석 부부가 구미여행을 떠난 1927년의 조선은 교육을 받은 사람들이 별로 없을 정도로 가난하고, 바깥 세상과의 연결 역시 별로 없었다. 그래도 미국을 비롯한 유럽 각국으로 유학을 가는 사람들이 드물지만 있기는 했다. 그들 경우에는 기사가 어김없이 신문에 실리는가 하면 고향 동네에서는 이들의 '위업'을 기리는 큰 잔치가 벌어지곤 했다. 구미유학생이 드물었던 이 시기, 나혜석 부부는 부부동반 유럽여행을 떠난 최초의 사람이었다. 특히나 나혜석과 김우영은 이미 오래전부터 조선사회의 이목을 한 몸에 받아온 조선 사교계의 중심인물이었다. 그런 만큼 언론과 세간의 관심이 이들에게 쏟아지는 것은 당연한 일이었다.

조선 전역의 관심이 자신들에게 쏟아지고 있는 데다가 구미여행을 떠난 최초의 부부라는 역사적 의미도 있었으니 이들 부부, 특히 나혜석으로서는 출발 기념사진 한 장에도 힘을 쏟아부을 수밖에 없었을 것이다. 사진 속 나혜석은 남편과 함께 계절에 맞지 않는 옷차림에 경직된 표정을 짓고 있지만 그 표정의 이면에는 꿈에 그리던 유럽여행의 실현을 앞둔 흥분과 감격이 있었다.

2. 순정한 혁명의 유전자

2014년 일본 NHK에서 만든 〈1914. 꿈의 도쿄〉라는 다큐멘터리 영상이 있다. 2020년 도쿄 올림픽 개최를 기념하여 만들어진 영상으로 여기에는 모던 도시로서의 면모가 시작된 백 년 전 도쿄의 역동적 모습이 재현되고 있다. 1914년 도쿄에는 나지막한 가옥들 위로 아사쿠사의 랜드마크인 12층 건물이 거대하게 치솟아 있다. 그해 10월 옥상 정원과 서양식 식당, 에스컬레이터를 갖춘 일본 최초의 백화점 미쓰코시 본점이 개점하여 삼 만 명의 인파가 몰리고 톨스토이의 『부활』이 연극으로 공연되어 큰 성공을 거두면서 주제곡 '카츄샤의 노래'가 카페마다 흘러나왔다. 그리고 활동사진이 공연되는 아사쿠사의 극장에는 〈안토니우스와 클레오파트라〉를 보러온 사람들로 발 디딜 곳이 없었다.

나혜석이 '여자사립미술학교' 입학을 위해 도쿄에 도착한 것은 1913년 4월, 모던 도시, '꿈의 도쿄'가 열리기 시작하던 무렵이었다. '여자사립미술학교'는 오래된 동네인 '혼고(本郷)'지역의 언덕길에 위치해 있었다. '혼고'지역은 일본 최고의 명문, 도쿄대학

사진 2 | 미쓰코시 백화점(1913)(위)·제국극장(1913)(아래)

을 비롯하여 오차노미즈 대학 등 여러 대학들이 모여 있어서 나름 활기가 있으면서 혼고, 즉 本鄕이라는 이름처럼 차분한 분위기를 지닌 곳이었다. 일본에 도착했을 때 나혜석은 열여덟 살이었고 그녀가 막 떠나온 조선은 일제의 식민지가 된 지 삼 년째에 접어들고 있었다. 조선의 수도 경성은 진흙 길에 초가집이 늘어서 있는 가난하고 황량한 식민지의 도시였다. 나혜석은 도쿄에 도착하면서 흑백 세계에서 총천연색의 세계로 걸어 들어가고 있었다.

나혜석은 1896년 수원에서 태어난다. 나혜석이 태어난 그해, 조선은 일본과 러시아, 그리고 세계 여러 제국의 각축장이 되어, 정치적 격랑 속으로 휘말려 들어가고 있었다. 명성황후가 일본 낭인들에 의해 시해되고 고종 황제가 러시아 공사관으로 피신을 가며 총리대신 김홍집이 화가 난 군중에게 맞아 죽는 등 한 치 앞도 읽기 어려운 위태롭고도 혼란한 상황이 이어졌다. 이 혼란 속에서 1896년 4월 고종의 명을 받은 민영환 일행이 러시아 황제의 대관식에 참석하기 위해 조선을 떠난다. 새롭게 부상하는 강대국 러시아의 힘을 이용해서 일본의 간섭에서 벗어나기 위한 것이었다.

당시는 아직 대륙을 관통하는 시베리아 횡단철도가 완공되기 전이어서 제물포에서 배를 타고 상해, 홍콩을 거쳐 러시아로 가는 것이 조선에서 모스크바로 가는 가장 빠른 길이었다. 그런데 상해에서 홍콩으로 가는 배편을 놓치면서 계획이 뒤틀려버린 바람에 민영환 일행은 상해-일본 요코하마, 나가사키-태평양-캐나다 벤쿠버-미국 뉴욕- 대서양을 횡단하여-영국 런던-독일 베를린-러시아 모스크바에 도착하는 먼 길을 이용하게 된다. 본의 아니게 세계일주여행에 나서게 된 것이었다. 조선 여성 최초로 구미유람을 한 나혜석이 태어난 그해, 민영환 일행이 조선인으로서는 최초로 세계여행을 했다는 것은 공교롭다면 공교로운 일이었다.

민영환 일행은 지구를 한 바퀴 돌면서까지 러시아 황제 대관식에 참가하여 러시아와의 친교를 모색했지만 이미 무너져가던 국운을 일으켜 세우기는 불가능했다. 이들의 세계일주로부터 십

년도 지나지 않은 1905년 조선은 무너지고 민영환은 자결한다. 나혜석은 조선이 무너지고, 민영환이 자결한 그다음 해 집안에서 세운 여학교에 입학한다. 열한 살 때였다. 그녀는 여학교에 다니며 근대적인 세계를 배우는 한편 '나주 나씨' 가문의 삶의 태도를 마음에 새기면서 성장기를 보낸다. 격랑 속에서 조선의 전통적 양반계층은 변화를 거부하며 전통적 삶을 수호하든가, 변화를 적극 수용하여 근대적 세계를 향해 나아가든가 둘 중 하나를 선택해야 했는데 나혜석의 아버지 나기정을 비롯한 수원지방의 나주 나씨 집안은 이 중 후자를 선택한다. 어느 쪽을 선택하건 간에 그 중심에는 언제나 '충심(忠心)'을 바칠 '왕'이 자리해 있었다.

수원의 '나주 나씨' 집안은 원래 전라도 나주에 기반을 두었으나 임진왜란 때 전란을 피하여 수원으로 이주하여 그곳에서 뿌리를 내린다. 나혜석의 큰아버지 나기원은 가산대부 중추부사, 지금으로 말하자면 고위 공무원을 지낸 인물로, '나참판댁', '나부잣집'으로 불릴 정도로 집안을 수원 명문가로 키운다. 특히 나기원의 아들 나중석은 사회적 지위에 상응하는 도덕적 의무, 쉽게 말해서 '노블리스 오블리제'를 몸소 실천해 보인 인물로서 긴 세월 수원 역사에 이름을 남기고 있다. 나중석은 1878년생으로, 전통 한학교육을 받고 자라면서 유교 이데올로기를 내면화시킨 사람이었다. 세상의 흐름을 읽는 눈이 밝고 새로운 문물의 수용에 적극적이었지만 그의 삶은 수백 년을 이어져온 전통적 조선의 삶 속에 있었다. 그는 항상 왕의 충성스러운 신하로서의 위치를 잊는

법이 없었다.

1910년 3월 유길준을 단장으로 한 일본시찰단이 순종의 명을 받들어 일본의 선진적 문화 견학을 하고 돌아오는데 나중석 역시 그 일원이었다. 시찰 후 감상을 쓴 글에서 나중석은 선진화한 일본의 풍경을 담담하게 묘사하면서, 조선의 근대화를 이끌어 '성은(聖恩)'에 보답할 것을 다짐하고 있다. '충(忠)'의 유교 이데올로기는 나중석 삶의 모든 가치, 삶의 모든 노력의 기저에 있었다. 수원 지역의 국채보상운동을 이끌고 근대적 사립학교 설립을 지원한 그의 행동은 모두 '왕'을 지켜 '충(忠)'의 이데올로기를 실현하기 위한 것이었다.

그렇다고 나중석이 조선의 전통적 신분제도에 매몰되어 양반으로서의 기득권을 주장했던 것은 아니었다. 그는 소작농들에게 도조를 감면해주는가 하면, 해방 이후에는 토지를 무상 분배하는 등, 유교 이데올로기의 이상을 제대로 실천한 인물이었다. 나중석의 이와 같은 삶의 태도는 수원 나주 나씨 집안에 공통된 것으로서 나혜석의 아버지 나기정 역시 동일한 삶의 태도를 지니고 있었다. 상업에 관여치 않던 조선의 일반 양반과 달리, 그는 농민의 생활을 위해 양잠에 힘을 써서 수원의 근대적 양잠업을 주도한 것은 물론 조카 나중석과 함께 국채보상운동을 이끌면서 국운을 일으켜 세우기 위해 노력한다.

그러나 이미 세상은 바뀌고 있었다. 국운만 쓰러져 간 것이 아니라, 긴 세월 조선을 떠받쳐온 유교 이데올로기가 힘을 잃으면서 전통적 세계도 무너져갔다. 남자와 여자, 양반과 천민 사이를 가로지르고 있던 단단한 벽이 급격하게 허물어져 내리고, 중국과 러시아가 차례 차례 섬나라 일본에게 패했다. 나중석과 나기정은 전통적 세계의 끝자락에서 세상이 변하는 것을 보고 있었다. 1905년 을사조약이 체결되어 조선이 일본의 식민지에 준하는 상황으로 전락하는 것도 보았고 '충절'을 지키기 위해 민영환이 자결하는 것도 보았다. 그리고 수많은 유림들이 민영환의 뒤를 이어 자결하는 것도 보았다.

> 보시동 시절에는 체조 과목이 없었다. 그러나 학교를 종로교회로 옮긴 후에야 체조과를 신설했으며 1906년 2월 초대 체육교사 강건식 참위가 취임했다. 동시에 너른 운동장이 필요했다. 수원의 재산가 강석호씨를 설득시켜서 삼일학교에 거액을 희사케한 나중석씨는 매향동에 있는 토지 900평을 1906년 5월 삼일학교 체육교육을 위해 운동장으로 기부했던 것이다.(『삼일학원팔십년사』, 학교법인 삼일학원, 1983.)

이 험악한 세상의 흐름 속에서 나중석과 나기정은 자결로서 충절을 지키는 대신 살아남아서 왕조의 안위를 지켜내는 쪽을 택한다. 수원 지역에 설립한 최초의 근대적 사립학교인 삼일학교는 그런 의지의 결과물이었다. 1908년 삼일학교를 졸업한 한 졸업생은 훗날 회고담에서 당시 선생과 학생이 한 마음으로 '어서어서 알아야 한다. 어서 배워서 알아야 한다. 국가독립을 위한 일군이 되어야 한다'는 배움의 열정에 불타고 있었다고 밝히고 있다. 이 회고담의 한 구절에서 나중석, 나기정이 치욕을 견디면서까지 왜 살아남으려고 했는지, 살아남아서 무엇을 이루려고 했는지 읽을 수 있다.

빨리 어른이 된 조선의 아이들

나혜석은 나중석이 남학생을 위한 삼일학교에 이어 1906년 설립한 수원 최초의 여학교인 삼일여학교에 입학하여 근대적 신식 교육을 받는다. 삼일여학교가 설립된 1900년대 초, 대다수의 조선 사람들은 한문을 제외한 학문이 있다는 것을 여전히 생각하지 못하고 있었다. 특히나 여자가 남자처럼 학교에 다니면서 교육을 받는다는 생각은 더더욱 하지 못했다. 여자 학교가 남자 학교와 분리되어 있어도 조선인 중에, 더구나 양반 중에서 딸을 학교에 보내려는 사람은 드물었다. 남자와 여자를 따로 앉혀두고도 마음이 놓이지 않았던지, 그 사이에 휘장을 쳐두고 교회 예배를 보던 시절이었으니 당연한 일이었다. 이런 시절, 학교를 다닌다는 그 자체만으로 이미 나혜석은 수백 년 동안 조선을 지배해온 남녀 차별의 사회적 통념을 뛰어넘고 있었다.

아울러 조선인이기에 어쩔 수 없이 마음에 새기고 있던 남존여비의 뿌리 깊은 고정관념 역시 함께 뛰어넘고 있었다. 물론 겨우 열 살 전후의 어린 소녀가 이처럼 거창하게까지 생각했다고 보기는 어렵다. 그러나 집 대문을 넘어서서, 남자 아이들과 동등한 자격으로 학교에 다닌 일은 분명히 독특한 경험이었고 이 경험이 특별한 기억으로 그녀 의식에 남아, 자의식을 형성하는 한 근거가 되었을 것이라는 점은 분명하다. 이 기억이 나혜석 인생에 긍정적으로 작용했을까, 생각해보면 그렇다고 단언하기는 어렵다. 삶의 결정적 국면에서 나타난 공격적일 정도의 강력한 자의식은 그녀 삶을 파국으로 이끌어간 결정적 원인이 되고 있었기 때문이다.

> 도수(徒手)체조(*맨손체조)보다 목총을 메고 군대식 훈련을 하는 것이 삼일학교의 체조 시간이었다. 양단(洋緞)에 검은 물을 들여서 학도복을 지어 입고 오늘과 같은 검은 학생모자를 쓰고 고무신을 신고 군사훈련을 하였다. 일본인은 한국의 학교가 학생들에게 체조 시간이면 군대식 훈련시키는 것을 싫어하였다.(『삼일학원팔십년사』, 학교법인 삼일학원, 1983.)

설립 초 삼일여학교의 학과목은 한문과 더불어 국어, 산술, 지리, 영어, 그림, 성경 등으로 이루어져 있다가 1906년 역사와 지리, 그리고 체조가 새로운 과목으로 첨가된다. 체조가 학과목에 포함된 것은 삼일여학교가 소속되어 있던 감리교 교회가 새 건물을 지어 이사하면서 운동장이 생겼기 때문이었다. 이 학교의 설립이 '자강(自强)', 즉 힘을 길러 외세를 물리치는 것에 있었던 만큼 체조 시간에는 당시 신식 학교에서 일반적으로 가르치던 맨손 체조보다는 군사훈련을 가르쳤다. 나혜석이 삼일여학교에 다니고 있던 1908년에는 대한제국 장교가 훈련교관을 맡고 있어서 학생

사진 3 | 삼일학교 2대 훈련교관 송세호 부위(1908)(『眞明七十五年史』, 진명여자중고등학교, 1980.)

들은 교관에게 목검으로 총검술을 배웠다. 목검 총검술 훈련 대상이 남학생에 한정된 것이었는지, 여학생까지 포함되었는지는 확인할 수 없다. 그러나 어린 아이들이 총검술을 배워야했을 정도로 조선의 현실은 위태로웠고, 나혜석은 그 위태로운 현실 속에서 아동기를 보내고 있었다.

총검술 훈련이 교과목에 들어있었다고 해도 삼일여학교의 본질을 이루고 있는 것은 '사랑'의 기독교적 정신이었다. 기독교 삼위일체의 교의를 교명으로 한 삼일여학교 설립에 관여한 사람들 대부분이 기독교인이었다. 학생 대다수는 그들의 자제들로서 집

에서도 학교에서도 한문으로 번역된 성경을 읽으며 자연스럽게 기독교 교리를 마음에 새겨간, 말하자면 성경이 삶 속에 들어와 있는 사람들이었다. 나혜석도 그 학생들 중 한 사람이었다. 나중석과 나기정을 비롯한 '나주 나씨' 집안사람들이 기독교인이었지 아닌지는 알 수 없으나 외부 세상의 지식을 있는 그대로 흡수하던 아동 시기, 나혜석이 기독교 교리의 세례를 받으며 그 의식을 내면화해간 것은 분명하다. 훗날 세상을 떠들썩하게 한 최린과의 연애 사건 이후, 나혜석이 극도의 금욕주의적 태도를 보인 것이나, 기도로서 죄 사함을 구하려고 한 것은 모두 이 시기 그녀가 배운 기독교적 의식과 깊은 관련을 지니고 있었던 듯하다.

> 어서어서 알아야 한다. 우리가 너무도 모른다. 어서 배워서 알아야 한다. 국기 독립을 위한 일군이 되어야 한다.
>
> (「융희 3년 제2회 김용옥 옹의 회고담에서」, 『삼일학원팔십년사』, 학교법인 삼일학원, 1983.)

나혜석은 1910년, 삼일여학교를 졸업하고 진명여자고등보통학교에 입학한다. 입학 이틀 전 조선과 일본 사이에 한일병합조약이 체결되고 조선은 결국 일본의 식민지로 전락한다. 돌이켜 보면 나혜석 삶의 중요한 순간은 격동의 조선 정치사와 묘하게 중첩되어 있었다. 쓰러져가는 조선을 구하기 위해 민영환의 러시아 사절단이 세계여행을 떠난 그해에 태어나서 을사조약 다음 해, 삼일여학교에 입학한 후 한일병합 직후 진명여학교에 진학한다. 이렇듯 위태로운 조선의 정치적 현실 속에서 나혜석을 비롯한 대한제국 말기 조선의 아이들은 빨리 어른이 되어갔다. "어서어서" 새로운 문물을 배워서 "어서어서" 조선을 일으켜야 한다는 조급한 책임감이 동심(童心) 대신 어린 마음을 채워갔다. 참으로 역설적이게도 위태로운 조선의 정치적 현실 덕분에 나혜석을 비롯한 당시의 여성들에게 교육의 기회가 주어졌다. 여자가 배워서 의식이 깨어야 가정이 근대화되고 가정이 근대화되어야 국가가 근대화되어 자주와 독립을 이루게 된다는 의식을 이 시기 조선 '남성'선각자들이 공유하게 된 것이다.

근대교육을 받는 여학생들

이 위기의식을 반증하듯, 조선의 도시에는 근대적 교육 프로그램의 여학교들이 속속 들어섰다. 1886년 조선 최초의 여학교 이화학당 설립을 시작으로 1900년대 초까지 경성, 부산, 평양, 목포, 원산 등에 정신, 호수돈, 숭의, 진명, 명신 등의 여학교가 세워졌다. 이 중 진명여학교와 명신여학교를 제외한 나머지 여학교는 선교사들이 설립한 기독교 계열의 학교였다. 기독교 계열의 학교는 설립 특성상 조선 국권회복보다는 기독교 포교에 중점을 두고 있었다. 이와 달리 진명여학교와 명신여학교는 고종의 계비 엄귀비가 사재를 털어서 1906년 세운 학교, 말하자면 민족자본으로 설립된 학교였다. 명신과 진명, 두 학교 간에는 모집대상, 교육 프로그램에서 큰 차이가 있었다.

일반여성을 대상으로 서양식 교육을 한 진명여학교(현재 진명여고)와 달리 명신여학교(현재 숙명여고)는 일본의 귀족학교를 모델로 삼아 설립된 일종의 특수학교였다. 모집대상 역시 귀족, 쉽게 말해서 명문가 여성이었으며, 수업은 일본식 교육 프로그램을 받아들여 일본어로 진행되었다. 명신여학교를 포함한 여러 여학교들 중에서 수원 나주 나씨 집안의 딸 나혜석이 민족자본으로 설립된 최초의 사립여학교인 진명여학교를 선택하여 진학한 것은 당연한 일이었다. 집안의 딸들을 외지로 보내어 고등교육을 받도록 한 수원 나주 나씨 집안의 결정은 당시로서는 놀라울 정도로 파격적인 것이었다. 조선 황실을 배후에 둔 진명여학교 역시, 학생 모집이 어려워 수업료 무료, 학용품 무상지급을 내걸고 학생 모집을 했을 정도로 당시 사회가 여성교육에 대해서 보수적이었기 때문이다.

나혜석은 1910년 4월 3년제의 진명여학교에 진학하기 위해 수원을 떠난다. 두 살 아래의 여동생 나지석과 함께였다. 당시 진명여학교의 입학조건은 만 12세 이상의 보통학교 졸업자로 되어 있었기에 만 12세로 삼일여학교를 막 졸업한 동생 지석도 입학이 가능했다. 진명여학교는 조선의 수도 한양의 중심지인 창성동 민가들 틈에 위치해 있었으며, 학교의 오른 편으로 경복궁이 보였다. 학교 뒤로는 넓은 살구 밭이 펼쳐져 있어서 사월이면 살구꽃의 연한 분홍빛이 주변을 덮었다. 나혜석은 벽돌로 새로 지은 2층

사진 4 | 진명여고 교사(1908년에 지어진 것으로 나혜석 역시 이 교사에서 공부한 것으로 추정됨)(위)·진명여고 기숙사(가운데)·진명여고 개교 1주년 기념사진(1908) 나혜석이 진명여학교에 진학한 것이 1910년 9월이므로 나혜석도 이 복장으로 학교를 다녔던 것으로 예측됨(아래)(『眞明七十五年史』, 진명여자중고등학교, 1980.)

건물에서 새로운 학교생활을 시작했는데 동생 지석이 함께 있어서 새로운 환경에서 오는 낯설음을 크게 겪지 않을 수 있었다.

숙식은 민가를 활용한 학교 기숙사에서 해결했다. 기숙사는 학교 건물 바로 옆에 있었으며, 사감이 학생의 모든 생활을 관리했다. 규칙이 엄격해서 외출 시에는 반드시 사감의 허락을 받아야 했으며 보호자가 지정한 사람 이외에는 면회가 불가능했다. 이 정도의 안전장치가 있었기에 양반가문인 수원 나주 나씨 집안에서, 딸들을 타지의 학교로 보내는, 당시로서는 어려운 결정을 내릴 수가 있었던 것이다. 기숙사 생활로 인한 답답함이 있기는 했지만 학교 생활의 적응에 문제는 없었던 듯하다. 진명여학교는 서양식 교육 프로그램을 채택하고 있어서 교과목이 삼일학교 때와 큰 차이가 없었다. 식민지로 몰락해버린 조선에서 학생들은 이전에 배우지 않았던 일본어와 수신과목은 물론 일본지리와 일본역사를 배워야했다.

◉才子才媛
진명(進明)녀자고등보통학교
본과졸업생 라혜석(羅蕙錫)

사진 5 | 진명여학교 최우등졸업 신문기사(『매일신보』, 1913. 4. 1.)

일본어를 의무적으로 배워야하는 것은 물론 머리 묶는 댕기 색깔까지 간섭받을 정도로 자율성 없는 생활이었지만, 삶의 모든 국면이 그렇듯 절망 속에서 기쁨도 있었다. '경성'이라는 공간이 새

〈표1-1〉 진명여학교 졸업생 진로

연도	졸업회수	졸업생수	가사	사망	상급학교	교원	비고
1907	1	11					
1908	2	5	2	1	1	1	
1909	3	7	3	1	2	1	
1910	4	22	15	1	2	4	
1911	5	12	9	1		1	전도인 1
1914	6	12	6	2	1	3	
1915	7	12	7		2	3	
1916	8	11	4		1	6	
1917	9	15	6			6	
1918	10	13	3		2	8	
1919	11	20	9		3	2	불명 6
합계		128	64	6	13	35	졸업생 수에서 1회 제외

〈표1-2〉 진명여학교 졸업생 진로

연도	졸업회수	졸업생수	가사	상급학교	교원	비고
1911	1	10	2		8	
1912	2	11	9		2	
1913	3	7	3		3	
1914	4	8	3	2	3	
1915	5	11	2	6	3	전도인 1
1916	6	16				불명
1917	7	24	15	1	8	
1918	8	18				불명
1919	9	16	7	4	5	
1920	10	18	11	6	1	
합계		128	64	6	13	졸업생 수에서 6, 8회 제외

사진 6 | 진명여학교 졸업생 수와 진로(『眞明七十五年史』, 진명여자중고등학교, 1980.)

로운 세계로 나혜석을 이끌어갔다. 식민지로 전락한 나라의 수도이기는 했지만 그래도 경성은 조선의 중심지였다. 게다가 나혜석의 학교가 위치해있는 곳은 조선의 왕가가 위치한 지역, 즉 수도 경성의 중심이었다. 입학한 그해 5월, 덕수궁에서 여학생 연합운동회가 열렸는데 거기에 진명여학교가 참가하면서 신입생인 나혜석도 함께 참가하였다. 관중들이 지켜보는 가운데 경성 소재 여러 여학교의 학생들과 함께 체조를 시연해보인 것은 새로운 경험이었으며 신선한 즐거움이었다. 진명여학교에 입학한 1910년, 나혜석은 열다섯 살이었으며 아름다운 소녀 시대를 맞고 있었다. 삼 년 간의 여학교 생활을 거치면서 그녀는 지적으로도 성장했다.

그러나 육십 명이 넘는 입학생 모두가 삼 년간의 여학교 시절을 누릴 수 있던 것은 아니었다. 삼 년 후 졸업에 이르렀을 때 남은 학생은 입학 인원의 십분의 일 정도인 일곱 명뿐이었다. 여성의 결혼 적령기가 십대 중·후반이었던 당시 조선 풍습에서 열 예닐곱 살을 넘어선 여학생들이 나이를 잊고 공부만 하고 있을 수는 없었다. 본인이 원한다고 해도 부모가 허락하지 않는 일이었다. 이 와중에도 나혜석 자매를 포함한 일곱 명의 여학생들은 마지막까지 포기하지 않고 학업을 마치는데 그들 중 세 명은 취직까지 한다. 취직을 하건, 집에 남건 간에 이들 일곱 명은 관습을 벗어난 새로운 시도를 했다는 점에서 당시 조선에서 볼 수 없었던 새로운 여성상을 만들어내고 있었다. 불과 일곱 명 중의 일등이라고는 해도, 일등으로 졸업을 하고 일본유학까지 간 나혜석의 선택은 말 그대로 '혁명적'이라고 할 만한 일이었다.

정신의 스승, 오빠 나경석

> 혁명하기에 너무 무력하고 타협하기에 마음이 허락지 아니하고 은둔하기에 너무 청춘이 아까워서 최후의 비역을 시도하는 것이다.(나영균, 『일제시대 우리 가족은』, 황소자리, 2006.)

일본 유학이라는 나혜석의 혁명적 선택과 결정은 여섯 살 위의 오빠 나경석을 벗어나서는 설명하기가 어렵다. 나혜석의 아버지 나기정은 모두 다섯 명의 자식, 계석(딸), 홍석(아들), 경석(아들), 혜석(딸), 지석(딸)을 두었는데 나경석은 이 중 아들로는 둘째였다. 장남 홍석이 당시 조선 풍습에 따라, 자식이 없는 둘째 큰 아버지

사진 7 | 아래 왼쪽부터 나혜석, 김우영, 허영숙(이광수 부인), 나경석, 나지석(1920년대)(소장처 확인불가)

의 양자로 가면서 차남 나경석이 집안의 장남 역할을 담당한다. 일곱 살 위의 장녀 계석이 일찍이 결혼하여 집을 떠나고, 장남 홍석이 큰집의 양자로 가면서 집에 남은 사람은 경석과, 혜석, 지석 삼남매였다. 나경석은 집안의 장남으로서 두 여동생을 돌보는 일을 성실하게 수행한다.

그는 딸들의 일본 유학을 절대로 허락할 수 없다는 아버지를 설득하여 두 여동생의 일본 유학을 성사시킨다. 아울러 혜석, 지석의 일본 정착 및 유학생활을 세밀하게 보살피는 등, 두 여동생의 더할 나위 없는 지지자이자 보호자의 역할을 해낸다. 나경석이 두 여동생의 일본 유학을 추진한 것에는 여동생들, 특히 혜석의 명민함과 예술적 재능에 대한 인정과 공감과 더불어 변화하는 세상을 읽어낸 그의 감각이 함께 작용하고 있었다. 나경석이 세이소쿠(定則)영어학교 입학을 위해 일본에 건너간 1910년, 일본은 1868년부터 시작된 근대국가로의 전환이 완성되어 가던 때였다. 이천 킬로미터가 넘는 철도가 건설되어 일본 전역을 연결하고 있었으며 도시에는 전기가 들어와서 밤도 낮처럼 밝았다.

중국과 러시아를 차례차례 무너뜨린 후 아시아 최고의 제국으로 올라선 일본의 힘을 식민지 조선의 청년 나경석은 제국의 수도 도쿄에서 직접 경험하고 있었다. 그는 일본의 청년 엘리트들이 아시아를 넘어 영국, 독일, 네델란드 등 유럽제국으로 건너가 새로운 문물을 배우고 돌아와서 근대적 일본을 만들어가는 것을 보았다. 그리고 교육받은 새로운 여자들이 집 문턱을 넘어, 사회로 나와서 자신들의 목소리를 높이는 것도 보았다. 나경석은 조선이 식민지 상태에서 벗어나기 위해서는 일본을 앞서야하고, 일본을 앞서기 위해서는 조선의 청년들이 힘을 키우는 것이 무엇보다 중요하다는 것을 깨달았다. 동생 혜석의 일본유학을 부친에게 요청한 것은 이 깨달음에 따른 것이었다.

나경석은 혜석에 이어 지석의 일본 유학까지 어렵게 성사시키지만 졸업까지 버틴 것은 혜석뿐이었다. 결혼 후 일본의 음악학교에 입학한 지석이 결국 학업을 포기한 것이다. 혼자 남은 나혜석은 학교를 마치는 것은 물론 작가로서도 화가로서도 인정을 받으며 오빠의 기대와 지지에 답한다. 양반 가문의 딸로서 열여덟의 나이로 일본 유학까지 가서 학업을 마친 나혜석의 행보는 당시 조선사회의 일반적 흐름을 넘어선 것이었다. 시대를 앞선 진보성은 이미 오빠 나경석에게서 나타난 바 있었다.

유교이데올로기의 영향 아래, '문과'전공을 당연하게 선택하던 조선인 유학생들 틈에서 도쿄 공업고등학교 화공학부에 진학한 그 순간부터 나경석의 삶은 조선의 전통적 삶을 넘어서고 있었다. 나경석은 유학 시절 일본의 급진적 사회주의자 오스기 사카에의 영향을 받아 오사카의 빈민굴에서 빈민들과 공동생활을 하며 사회개혁에 앞장서는가 하면 조선 귀국 후에는 블라디보스토크과 시베리아로 건너가 차별받는 조선인의 삶을 취재한다. 그리고 다시 만주로 가서 조선인 협동농장을 운영한다.

일본에서 시베리아, 시베리아에서 다시 만주로 끊임없이 떠돌고 있었지만 나경석 삶의 중심에는 항상 차별 없는 세상을 이루기 위한 혁명의 열정이 자리하고 있었다. 이와 같은 삶은 수원 나주 나씨 집안 남자들, 정확하게 말하자면 형 홍석, 사촌 형 중석, 그리고 아버지 나기정의 삶에 공통된 것이었다. 와세다대학교 정치과에 유학하며 사회주의 사상에 깊이 공감하였던 형 홍석, 토지 무상분배를 실천한 사촌 형 중석, 농민의 삶을 개선하기 위해 수원 지역 근대양잠업을 이끈 아버지 나기정. 이들이 몸소 실천한 '평등'과 '공유'의 정신이 나경석의 삶을 지탱하고 있었다. 여기에 더하여 어머니와 외가의 영향 역시 적지 않았다. 1881년 신사유람단 수행원으로 일본을 방문하여 일본의 근대적 변모를 목도하고 돌아온 외할아버지, 그리고 이 영향을 받아 일찍부터 세상 흐름에 눈을 떠, 부인회를 조직하여 여성교육의 중요성을 알리고 자선활동을 펼쳤던 어머니. 이들의 정신 역시 나경석을 이끌고 있었다.

그러나 나경석이 살고 있는 곳은 신분적 위계질서가 명확하며 남성과 선비가 존중받고 여성과 기술인이 천시되는 조선이었다. 아울러 그 조선은 일본의 지배를 받는 식민지 땅이었다. 식민지 조선의 입장에서도, 제국 일본의 입장에서도 '협소한 민족주의와 국가주의를 배척'하고 세계 시민이 하나가 되는 세상을 이루고자 했던 나경석의 이상은 불쾌하기 짝이 없는 것이었다. 그의 '공유'의 사상이 받아들여질 리가 없었다. 그래도 나경석은 포기하지 않고 자신의 이념을 현실에 옮겨갔다. 실패해도 다시 시작했다. "나는 혁명가의 기질을 타고 난 듯한데 혁명가가 되지 못했다."고 말했지만, 그는 죽는 그날까지 이상주의자였으며 혁명가였다. 나경석의 삶을 관통한 순정한 혁명의 정신은 나혜석의 삶에서 외형을 달리하여 발견되는 것으로서 이 정신은 태어나는 그 순간부터 그들 유전자에 깊이 새겨져 있던 것이었다.

3. 눈부신 제국의 수도 도쿄, 신여성의 도시 도쿄를 향하여

1913년 4월 나혜석은 여자사립미술학교에 입학하기 위해 일본 도쿄에 도착한다. 열여덟 살이었다. 부산에서 배를 타고 현해탄을 건너 시모노세키에 도착하여 기차를 타고 도쿄로 가는 여정이었다. 1913년의 도쿄는 조선에 대한 나혜석의 기억을 모두 흑백사진처럼 만들어버릴 정도로 강렬하고 역동적이었다. 나혜석이 일본에 도착하기 바로 전 해인 1912년 7월, 메이지 천황의 죽음으로, 45년간 지속되었던 메이지 시대가 끝을 맺고 다이쇼 시대가 시작된다. 메이지 시대에서 다이쇼 시대로의 전환, 이는 단지 천황만 바뀐 것이 아니었다. 이질적인 새로운 시대의 시작을 의미하고 있었다.

메이지 시대는 부유하고 강한 일본을 만들기 위해 밤낮없이 노력하던 아버지들의 시대였다. 그 아버지들은 중국과 러시아를 무너뜨리고 대만과 조선을 식민지로 삼아 일본의 영역을 넓히는 한편, 신분제도를 철폐하고 의무교육을 도입하여 일본을 근대국가로 만들어갔다. 수원 나주 나씨 집안의 남자들이 경험한 일본은 모두 메이지 시기의 일본이었다. 나중석은 강한 일본 만들기에 열중하고 있던 메이지 초기, 시찰단 일원으로 일본을 방문하였고, 나홍석은 그 노력이 결실을 맺고 있던 메이지 중기, 그리고 경석은 메이지 시대가 끝나가던 무렵 일본 유학을 시작하였다. 이들 나씨 집안 남성들과 달리 나혜석은 다이쇼 시대가 막 시작되던 시기, 일본 땅을 밟는다. 자수성가한 아버지의 넉넉한 자양분 아래 자란 아이들처럼 자유분방하고, 여유로우면서 방만하기도 한 공기가 일본을 감싸고 있었다. 나혜석의 소녀적 감성과 예술가적 기질을 일깨우기에 적합하였다.

나혜석이 도착한 무렵, 도쿄는 벚꽃의 눈부신 만개를 앞두고 있었다. 그해는 4월 7일부터 벚꽃이 피기 시작해서 나혜석은 만개한 벚꽃을 보면서 4월 15일 여자사립미술학교에 입학한다. 사립미술학교는 일본의 오래된 지역인 분쿄구(文京區) 혼고 거리에 위치해있었다. 걸어서 삼백 미터도 채 되지 않는 곳에 도쿄제국대학이 있어서 이곳을 중심으로 많은 문인, 학자들이 모여들어 거리에는 학생 상대 음식점, 책방, 찻집이 늘어서 있었다. 아울러 혼고 거리는 오랜 기간 동안 소설가 나쓰메 소세키를 비롯한 일본 근대문학 작가들이 거주하며 창작활동을 해온 곳이어서 근대문학의 발상지라고도 말해질 정도로 문예적 풍취가 강했다. 우에노 공원이라든가 우에노 박물관도 걸어서 갈 수 있었다.

여자사립미술학교는 혼고 지역의, 좁고 경사진 기쿠자카(菊坂), 즉 국화언덕이라고 불리는 거리에 있었다. 국화를 키우는 사람들이 많이 살고 있어서 가을이면 집집마다 국화꽃이 만발했다. 인근의 도쿄제국대학 상점가의 활발한 분위기와는 분리된 고즈넉한 곳이었다. 매일, 나혜석은 신주쿠 인근의 하숙집에서 한 시간 넘게 전철을 타고 우에노 역에 도착해서, 학생들이 붐비는 혼고 대학가 거리를 거쳐 여자사립미술학교로 등교했다. 학교 교정 안 기숙사에서 바로 옆의 학교 건물로 등교하던 진명 여학교 시절에는 생각도 할 수 없었던 새로운 경험이었다. 댕기 색에서부터 방문자, 편지에 이르기까지 생활 하나하나를 검열하던 사감의 무서운 감시도 없었다. 자유로웠다. 그 자유로움과 여유로움은 비단 학교생활에서 오는 것만은 아니었다.

사진 8 | 일본유학시절의 나혜석(1913년)(수원시립미술관소장)

나혜석은 메이지 시대가 막을 내리고 다이쇼 시기가 시작된 바로 다음 해인 1913년, 일본에 도착한다. 허리띠를 졸라매고 열심히 부를 이루어낸 메이지 시대의 유산 덕분에 사람들의 생활은 풍요로웠다. 극장에서는 매일매일 톨스토이의 〈부활〉을 비롯한 다양한 서양극이 공연되었고, 강인한 아버지의 통제에서 풀려난 자식들처럼, 사람들은 자신들에게 찾아온 무한의 자유와 여유를 최선을 다해서 즐겼다. 식민지 땅에서 건너온 열여덟 살 소녀

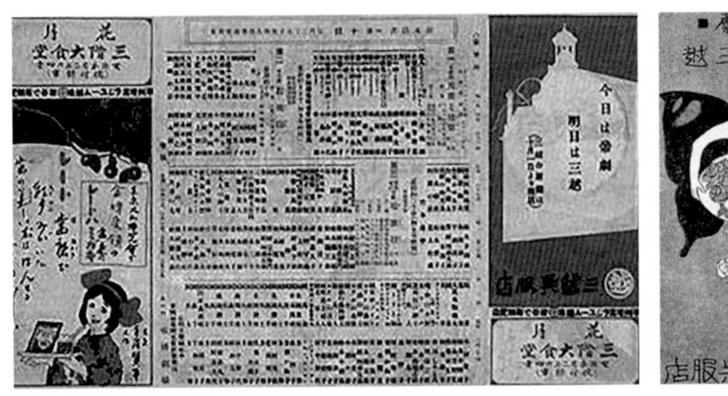

사진 9 | 제국극장 프로그램표(1913) 프로그램 우측에 '오늘은 제국극장, 내일은 미쓰코시'라는 당시 유행한 표어가 있고, 좌측에 '미쓰코시 오복점' 광고가 들어있다.(왼쪽)·미쓰코시 오복점(당시에는 백화점이라고 하지 않고 오복점이라고 함) 광고포스터(오른쪽)

의 마음을 혹하게 할 매력적인 것들이 도처에 널려있었다.

제국극장의 웅장하고도 화려한 르네상스식 외관은 압도적이었고 미쓰코시 백화점의 물건들은 시선을 거두기 어려울 정도로 매력적이고 현란했다. '오늘은 제국극장, 내일은 미쓰코시'라는 선전문구가 유행어가 되고 있던, 도쿄의 화려한 소비문화는 가난한 식민지 땅에서 온 소녀의 마음을 휘저어놓기에 충분했다. 그러나 실제로 나혜석의 마음을 강력하게 자극한 것은 외형적인 것, 그 너머에 있었다. 본 적도, 들은 적도 없던 새로운 사상, 새로운 인간관계가 그녀를 드세게 뒤흔들고 있었다.

수원 나주 나씨 집안이 진보적이었다고 해도 그들이 삶의 근거로 삼고 있던 것은 조선을 지탱한 유교 이데올로기였다. 조선지배층으로서는 당연한 일이었다. 나혜석 역시 그 가문의 일원이었던 만큼 예외가 될 수는 없었다. 진명여학교에서 근대적 학문을 배우는 등 근대적 사상을 마음에 익히기는 했지만 그녀에게 주어진 자율성에는 명확한 한계가 있었다. 여자는 평생 아버지, 남편, 아들을 따라야 한다는 삼종지도의 유교이데올로기가 그녀 마음 깊은 곳에 자리하고 있었다. 다이쇼 시대의 일본에서 나혜석은 삶의 교시처럼 자신을 옭아매고 있던 이 유교이데올로기가 급격하게 해체되어 가는 독특한 경험을 하게 된다.

나혜석에게 있어서 자신이 입학한 여자사립미술학교는 새로운 세계였다. 일본 최초의 여자미술전문학교라는 선진적이며 도전적인 위치 때문만은 아니었다. 여기(餘技)에 불과한 것으로 배우고, 알아왔던 '그림'을 전문적 교육과정으로 교육기관에서 배운다는 것은 참으로 낯선 일이었다. 그러나 이 점을 제외한다면 이 학교가 내건 여성의 자립이라든가, 전문성확보 등 여성주의 의식은 이미 조선의 삼일여학교나 진명여학교에서도 경험한 것이었다. 게다가 막 전문적인 공부를 시작한 참이어서 여자사립미술학교의 건학 이념인 여성의 전문성 확보라거나 자립, 사회적 지위 향상의 실현은 나혜석에게 한참 먼 훗날의 일이기도 했다.

원시 여성은 태양이었다

오히려 나혜석의 마음을 강하게 휘저어놓은 것은 바로 눈앞에서 펼쳐지고 있던 여성자립과 관련한 일본 사회의 역동적 풍경이었다. 그 풍경이란 시인 요사노 아키코와 배우 마쓰이 스마코, 그리고 부인잡지 《세이토(青鞜)》 편집진 등, 일본 사회에 새롭게 등장한 신여성들이 만들어내고 있던 것이었다. 예를 들자면 1911년 4월 창간된 《세이토》의 창간사는 열여덟 살 조선 소녀의 마음을 마구 흔들어댈 정도로 획기적이고 파격적이었다.

> 원시 여성은 태양이었다/진정한 사람이었다/
> 지금 여성은 달이다/타인에 의존하여 살고/
> 타인의 빛에 의해 빛나는 병자와 같이 창백한 얼굴의 달이다.
>
> 우리는 숨겨진 우리의 태양을 지금 되찾아야만 한다/
> 숨겨진 나의 태양을, 숨겨진 천부적인 재능을 드러내라.
>
> 이것은 우리 내부를 향한 끝없는 외침/
> 억누를 수 없고 사라지지 않는 갈망/
> 모든 잡다한 부분적 본능이 통일되는 마지막의 전인격적인 유일한 본능이다
>
> (라이초, 「원시 여성은 태양이었다」, 『세이토(靑鞜)』, 1911.9.)

메이지 시기가 끝나는 1912년까지 일본은 신분제도를 철폐하고, 의무교육을 도입하는 등 근대국가로서의 모습을 완성해갔다. 'freedom', 'individual', 'right' 등 근대사상을 담은 단어들이 자유, 개인, 권리 등의 한자어로 번역되어 새로운 사상을 사람들에게 전

파하고 있었다. 그러나 이 변화의 바람은 여성의 지위향상으로까지는 이르지 않았다. 1911년의 일본에서 여성은 여전히 현명한 어머니, 착한 아내로서 존재하도록 요구받고 있었다. 여성은 독립적인 하나의 인간으로서 인정되지 않고 있었기에 선거권도 없었고, 정치활동도 법적으로 금지되었다. 이런 사회적 분위기 속에서 부인 잡지 《세이토》가 창간되어 여성의 자기결정권과 자립 등 여성의 사회적 지위 향상을 거론하고 나온 것이다. '원시 여성은 태양'이고 '진정한 사람이었다.'라는 문구는 전근대적이며 보수적인 조선 사회에서 막 건너온 열여덟 살 소녀에게 말할 수 없이 충격적이면서 더할 나위 없이 매력적이었음이 분명하다. 삼일여학교에서 진명여학교로 거기서 다시 일본 유학길에 오르기까지 매 순간 순간 여성에 대한 사회의 편견과 차별에 맞서면서 새로운 전기를 만들어내고 있던 나혜석이었으니 이 구절의 무게와 의미를 누구보다 절실하게 느낄 수밖에 없었다.

사진 10 | 1911년 9월 신여성들이 중심이 되어 창간한 잡지 『세이토(青鞜)』

나혜석이 일본 땅에 도착한 1913년 4월은 바로, 이 《세이토》가 일본사회로부터 비판과 지지를 함께 받고 있던 때였다. 정부가 내건 현모양처의 이상에 맞지않다는 이유로 일본문부성이 《세이토》 잡지

발매금지처분을 내리고, 《세이토》는 이에 아랑곳없이 공개강연회, 문예연구회 개최를 열면서 더 열심히 대중 속으로 들어갔다. 세이토사의 강연회가 개최된 강연회장 어디에선가, 호기심 가득한 얼굴로 강연을 듣는가 하면, 지하철 역 책 판매대로 뛰어가서 《세이토》 잡지를 사는 열여덟 살 나혜석의 모습을 상상하는 것은 어렵지 않다. 나혜석은 《세이토》 강연을 듣고, 잡지를 탐독하며, 여성의 정조문제라든가, 낙태, 매춘 제도 등 의미조차 이해되지 않을 정도의 낯선 단어들을 차곡차곡 마음에 새겨갔다.

여성의 성욕, 남성의 정조 준수, 낙태허용, 산아제한 등 여성의 성적 자기 결정권과 관련한 이 단어들은 조선 땅에서 막 건너온 열여덟 살 소녀로서는 상상조차 하지 못한 것이었다. 그녀가 떠나온 조선에서 여성은 여전히 남성의 부속물로 규정되고 있어서 남성의 욕망에 철저하게 따라야 했다. 아울러 여성의 성적 욕망은 그 자체가 불순하고, 음란한 것으로 치부되고 있었다. 그런 나혜석에게 《세이토》는 여성의 성적 욕망은 본능적이고 자연스러운 것이라고 가르쳐주었다. 아울러 임신과 낙태에 대한 선택권 역시 여성에게 있다고 말해주었다.

《세이토》의 가르침을 들으면서 나혜석은 의식 속에 남아있던 유교 이데올로기를 하나씩 지워갔다. 조선에서 막 건너온 나혜석이 《세이토》의 급진적 주장들을 급격하게 수용할 수 있었던 것에는 타고난 명민함과 더불어, 당시 일본 사회의 문화적 분위기가 일종의 해설사 역할을 해준 것이 컸다. 《세이토》가 등장한 1911

년 11월, 입센의 대표 희곡 『인형의 집』이 제국극장에서 공연되어 대대적 호응을 얻는다. 나혜석이 일본에 도착한 1913년에도 이 인기는 계속되어 당시 일본 여성들 간에는 '노라처럼 되고싶다' 라는 유행어가 생겨날 정도였다. 그리고 1912년에는 《세이토》의 주된 필진이자, 시인이었던 요사노 아키코가 여성으로서는 최초로 혼자 시베리아 횡단여행을 감행한다.

> 일인칭 문장을 쓰도록 하자.
> 나는 여자이다
> 일인칭 문장을 쓰도록 하자.
> 나는, 나는
> (요사노 아키코, 「부질없는 말」 중, 『세이토』, 1911.9.)

나혜석은 1913년의 일본에 도착하여 《세이토》의 새로운 여자들에서부터 『인형의 집』의 노라, 요사노 아키코까지 사회적 통념에 반기를 든 용감한 여성들의 무용담을 생생하게 듣는다. 그들은 한결같이 '나'의 욕망, '나'의 슬픔, '나'의 분노, '나'의 희망 등, 오로지 '나'에 대해서 말하고 있었다. 일인칭의 '나'의 자리에 '아버지'라거나, '남편', '사회의 통념'을 둬왔던 나혜석으로서는 한번도 경험한 적 없는 새로운 세계였다. 나혜석은 유교이데올로기를 하나하나 지워내고는 그 자리를 남편의 인형이기를 거부한 노라와 시베리아 횡단 여행을 감행한 요사노 아키코, 여성해방을 주장한 《세이토》의 이야기들로 채워갔다. 그러나 명민하다고는 해도 겨우 열여덟 살이었으며, 그 열여덟 해의 시간도 부유한 지배층 여성으로 살아서 세상 경험이 없었으니 이 새로운 말들을 차분하게 소화해낼 마음의 여유가 그다지 없는 것은 당연한 일이었다. 도쿄와 경성, 넓게는 일본과 조선 간에는 『인형의 집』 '노라'와 유교이데올로기의 '삼종지도'간의 거리만큼이나 먼 거리가 존재하고 있었고 도쿄에 도착하면서 열여덟의 나혜석은 이 거리를 한번에 뛰어넘고 있었다.

생각해보면 일본 사회에서 여성 지위는 근대화가 시작된 1868년부터 《세이토》가 창간된 1911년에 이르기까지 오 십여 년에 걸친 시간 동안, 아주 느린 속도이기는 하지만 조금씩 향상되어갔다. 초등학교 의무교육이 이루어져, 여자도 교육을 받을 수가 있게 되어서 교육받은 여자들이 조금씩 사회로 진출하고 있었다. 일본의 '새로운 여자'들에게 주어졌던 '축적된 시간'이라는 안전망이 조선 소녀 나혜석에게는 주어지지 않고 있었다. 열여덟 살이어서 급격한 변화의 충격을 마음에서 유연하게 처리하기에는 연륜도, 경험도 부족했다. 그런가 하면 열여덟 살이어서 세상에 대한 호기심으로 가득차 있는데다가 예술가적 감수성은 너무나 강렬했다.

경성을 떠나 도쿄로 들어가면서 나혜석은 전근대에서 근대라는 새로운 시간대로, 아무런 안전망도 없이 불안정한 형태로 급격하게 진입하고 있었다. 특히 당시 일본에서 이슈가 되고 있던 새로운 사랑의 형태와의 접촉은 이 불안정한 진입을 더욱 불안정하게 만들고 있었다. 나혜석이 일본에 도착한 다음 해인 1914년, 요사노 아키코의 시베리아 횡단 여정과 파리견문기를 담은 『파리에서』가 출판되고 제국극장에서는 마쓰이 스마코 주연의 〈부활〉이 공연되어 대성황을 이룬다. 나혜석은 요사노 아키코의 여행기를 읽고, 제국극장에 가서 마쓰이 스마코의 공연을 보며 파리에 대한 환상과 절절한 사랑에의 환상을 키운다.

소녀들이여 사랑을 하라

요사노 아키코와 마쓰이 스마코, 두 사람은 유부남과의 떠들썩한 불륜으로 세간의 비판을 받으면서 마침내 사랑을 쟁취하였다는 점에서 공통점을 지니고 있었다. 요사노 아키코는 다섯 살 연상의 문학가 요사노 뎃칸과, 마쓰이 스마코는 열다섯 살 연상의 극작가 시마무라 호게쓰와 사랑에 빠져 남성의 가정을 파탄으로 이끌고는 마침내 자신들의 사랑을 이뤄내고 있었다. 이기적이라면 더할 나위 없이 이기적이며 자기중심적인 행동이었다. 그러나 이기성이라거나 자기중심성은 '자아'와 상통하는 측면을 지니고 있는 것이기도 하다.

요사노 아키코와 마쓰이 스마코는 여성의 사회활동이 일반화되어 있지 않던 일본 사회에서 문예가로서 혹은 배우로서 자신만의 세계를 분명하게 이루어가던, '자아'를 지닌 사람들이었다. 게다가 이들은 상대 남성들과 종속적 남녀관계를 넘어, 정신적 동

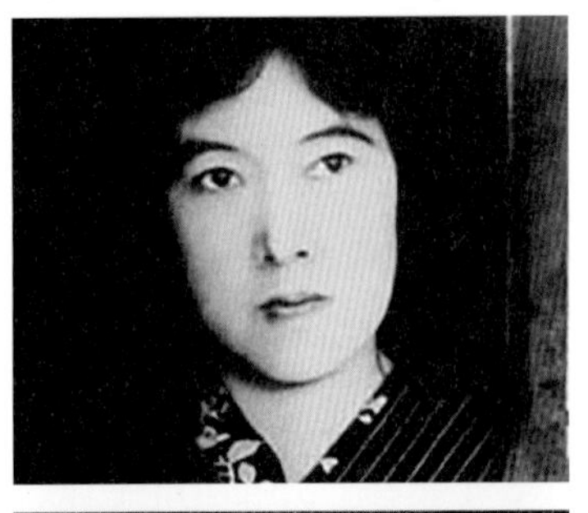

사진 11 | 일본 신여성의 대표적 인물이자 시인이었던 요사노 아키코(与謝野 晶子. 1878. 12. 7-1942. 5. 29.)(위), 일본신연극의 히로인 마쓰이 스마코(松井須磨子. 1886. 3. 8-1919. 1. 5.)(아래)

반자로서 동등한 관계를 맺고 있었다. 요사노 아키코는 요사노 뎃칸과 함께 시를 쓰며, 저술활동을 했고, 마쓰이 스마코는 시마무라 호게쓰와 함께 근대연극의 대중화에 앞장서는 등, 새로운 남녀관계의 모범적인 상을 제시하고 있었다. 그러나 세상 어떤 규범, 가치보다도 사랑을 우선시하며 사랑의 절대성을 내세우고 있다는 점에서 이들의 사랑은 치명적 위험성을 안고 있기도 했다.

열여덟 살, 이성을 향한 열정이 한창 강한 나이의 나혜석이 이들 사랑의 이율배반성과 치명적 위험성을 알아차렸을까? 그렇지는 않았을 듯하다. 오히려 사춘기 소녀의 특성상 파괴성과 치명적 위험성에 더 강하게 매료되고 있었다고 보는 편이 옳을 듯하다. 특히나 두 오빠 모두 부모의 명에 따라 전통교육을 받은 여성과 마음에 없는 결혼을 한 뒤, 아내를 두고 신여성들과 연애를 하고 있던 참이었다. 여기에 더하여 비윤리적이라는 지탄에도 불구하고 요사노 아키코와 마쓰이 스마코는 상대 남성들과의 사랑에서 성공적 결실을 맺고 있기도 했다.

> 인생이란 짧으니. 사랑을 해, 소녀여/맑디 맑은 그 입술, 바래기 전에/타오르는 그 열정, 식어버리기 전에/내일이란 시간은 없는 것이니…/인생이란 짧으니. 사랑을 해, 소녀여/손을 잡으렴, 어서. 그 배 안에서…/불타오르는 볼을, 어서 그이의 볼에…/거기에는 누구도 올리 없으니…/인생은 짧아. 사랑을 해, 소녀여/검은 머리 하얗게, 물들기 전에/마음 속 불꽃 식어, 꺼지기 전에/오늘은 다시 오지 않을 것이니.(요사노 아키코, 박지영 옮김, 「흐트러진 머리카락」, 지식을 만드는 지식, 2014.)

요사노 아키코는 요사노 뎃칸과 결혼 후, 문필가로서 이름을 날리고 있었고 시마무라 호게쓰와 동거에 들어간 마쓰이 스마코는 함께 만든 공연이 연일 대성공을 이루며 대중의 갈채와 사랑을 한 몸에 받고 있었다. 1918년 일본과 조선을 강타한 스페인 독감으로 시마무라 호게쓰가 갑작스럽게 죽고, 마쓰이 스마코가 뒤를 이어 자살하며 두 사람의 사랑이 비극적 결말을 맞기는 하지만 사랑의 낭만적 환영에 취해있던 소녀 나혜석에게 이는 오히려 사랑의 절대성을 확인시켜줄 만한 일이었다.

"인생이란 짧으니 사랑을 하라"고 속삭이는 요사노 아키코의 달콤한 시를 들으며, 열 여덟 살의 예민하고 감수성 가득한 조선 소녀 나혜석은 게이오 대학 예과에 유학 중이던 문학청년 최승구와 사랑에 빠진다. 최승구는 오빠 나경석처럼 아나키즘 사상을 마음에 품고 있는 사람이었다. 그는 조선에 아내를 둔 유부남이었지만 그런 것은 상관하지 않았다. 아버지가 학비를 끊고, 조선으로 불러들여서는 스무 살이 다 된 그녀를 회초리로 때리면서 결혼을 종용해도 나혜석은 꿋꿋이 최승구에 대한 사랑을 지킨다. '사랑'은 세상의 윤리와 도덕을 넘어선 절대적인 것이었기 때문이다. 요사노 아키코와 마쓰이 스마코에게서 그 '사랑의 절대성'을 보았던 것이다.

이처럼 다이쇼의 낭만적 문화에 취해있었다고는 해도 나혜석은 남성들도 얻기 힘들었던 일본유학의 귀한 티켓을 자신이 어떻게 얻을 수 있었던가를 잊지 않고 있었다. 그녀는 도쿄의 조선유학생 잡지 『학지광』에 여성자립을 담은 「이상적 부인」을 발표하는 것을 기점으로 글쓰기에 눈을 뜨기 시작한다. 도쿄의 문화는 화려하고 아름다우며, 눈부셨지만 이는 제국의 문화일 뿐이며, 자신은 식민지 조선의 지식인으로서 새로운 조선을 만들어야 할 책임을 지고 있다는 점을 분명하게 알고 있었던 것이다. 수원 나주 나씨 집안의 절대절명의 과제이기도 했던 이 책임의식을 지속적으로 일깨워준 것은 오빠이자 보호자, 정신적 스승의 역할을 한 나경석이었다. 나혜석이 일본에 도착한 1913년, 나경석은 도쿄공업고등학교 2학년에 재학 중으로 일본 생활 4년째를 맞고 있었다.

조선에 새 길을 만들기 위해 노력하다

이 무렵, 나경석은 일본 아나키즘의 대부로 불리는 오스기 사카에와 교류하며 사회주의 사상에 빠져들고 있었다. 메이지유신과 더불어 근대적 서양 문화가 일본에 본격적으로 유입되는데 그 중에는 사회주의 사상도 있었다. 사회주의는 제국주의와 자본주의에 반대할 뿐만 아니라, 천황제 역시 부인하고 있어서 일본의 정체성을 뒤흔들 만큼 위험한 사상이었다. 그 위험한 사상의 중심에 오스기 사카에가 있었다. 그는 사상의 동지 고토쿠 슈스이와 함께 사회주의 사상, 그 중에서도 아나키즘사상을 수용하여 제국주의와 천황제에 반대하는 입장을 취한 것은 물론 사상적 동지였던 고토쿠 슈스이가 천황 암살사건에 연루되어 교수형을 당한 후에도 反제국주의, 反천황제, 反자본주의의 입장을 끈질기게 지켜갔다.

조선 독립과 조선인에 대한 차별, 그리고 조선의 가난 문제해결에 온 마음을 걸고 있던 나경석이 민족의 자기 결정권과 만민평등권을 주장하는 오스기 사카에의 사상에 급격하게 빠져든 것은 당연한 일이었다. 나경석이 일본유학을 계기로 사회주의 사상을 처음 접한 것은 아니었다. 자신에 앞서 일본으로 유학을 가서 사회주의 사상을 접한 형 홍석에게서 오스키 사카에 등을 중심으로 한 사회주의 사상에 대한 이야기를 들으며, 사상적 영향을 받고 있었다. 유학 시기가 달라서 두 형제가 함께 일본에 머물렀던 적은 없었지만, 공통적으로 일본유학 시절 동안 사회주의 사상에 깊게 심취해 있었다. 두 사람만이 아니었다. 나라를 잃은 조선의 젊은 청년들에게는 反제국주의를 내세운 사회주의는 더할 나위 없이 매력적인 사상이어서 수많은 유학생들이 사상적 영향을 받고 있었다.

이 중에서도 나경석 형제는 이 낯선 서구 사상에 강한 심정적 친밀감을 느끼고 있었던 듯하다. 춘궁기 소작인들의 소작료를 깎아주고, 해방 직후 토지무상분배를 실시했던 수원 나주 나씨 집안의 가풍은 부의 평등한 분배를 내세운 사회주의 사상과 상통하는 부분이 있었기 때문이다. 나경석은 '합리적이며 평등한 부의 분배'에서 한발 더 나아가서 아나키즘 사상을 지향하며 노동자 계급이 주동이 되어서 자본가 계급을 타파하고 새로운 사회를 만들 것을 주장한다. 동생 혜석이 일본에 도착한 이듬해인 1914년 말, 나경석은 오사카로 건너가서 조선인 노동자들과 함께 생활하면서 이와 같은 자신의 사상을 적극적으로 실천한다.

> R의 아버지는 양반이고 부자고 위인이 똑똑하다는 바람에 M과 혼인말을 건네고 R에게 속히 귀향하라 하고 심지어 학비까지 주지를 아니하여 할 수 없이 귀향을 하였으나 R에게는 이미 애인이 있어 철석 같은 약속이 있던 때였다.

R이 귀향한 후 R의 아버지는 날마다 M에게 시집가라고 졸랐고, 심지어 회초리를 해 가지고 때리며 시집가라고 하였다.(나혜석, 「나의 여교원시대」, 『삼천리』, 1935. 7.)

나혜석은 이와 같은 나경석 사상의 영향력 아래에 있었다. 나경석처럼 직접 빈민 속으로 들어가지는 않았지만 자기 나름의 방법으로 권위와 권력에 반대하고 인간 개개인의 자유 실현에 목표를 둔 아나키즘 사상을 실현해갔다. 당시 조선에서 여성은 노동자나 빈민처럼 사회적 약자였다. 그녀 자신, 여성으로서는 드물게 일본유학 기회를 얻기는 했지만 여전히 '여성'에 대한 차별적 관습이 그녀 삶을 옭아매고 있었다. 조선에서 드물게 개화한 집안이었음에도 불구하고 일본유학을 마친 두 오빠와 달리, 나혜석은 아버지가 정한 결혼을 거역하여 송금이 중지되는 사태에 직면하여 학업을 휴학하고 조선에 귀국해야했다.

아버지의 갑작스러운 죽음으로 다시 일본으로 와서 학업을 계속하여 졸업하기는 했지만 여성에 대한 사회적 편견에 맞서는 것은 그녀 일생 동안 계속된 일이었다. 나경석의 反권위주의, 反권력주의의 아나키즘 사상은 넓게 보면 사회적 약자인 여성의 인권 옹호, 인간의 자유로운 감성발현과도 연결되는 것이었다. 나혜석은 오빠에게서 배운 아나키즘사상과, 《세이토》의 여성자립사상, 요사노 아키코, 마쓰이 스마코의 자유연애사상을 서로 연결시켜 갔다. 설익은 형태이기는 하지만 이 사상을 사람들에게 전하기 위해서 소설을 쓰고, 논설을 썼다. 나경석에게 배운 사상을 사회적 약자인 여성의 해방이라는 그녀 나름의 방법으로 실천하며, 새 길을 만들어간 것이다.

> 探險하는 者가 없으면 그 길은 영원히 못갈 것이오. 우리가 욕심을 내지 아니하면 우리 자손들에게 무엇을 주어서 살리자는 것이오. 우리가 非難을 받지 않으면 우리의 歷史를 무엇으로 꾸미자는 것이오.(나혜석, 「잡감-K언니에게 여(與)함-」, 『학지광』, 1917. 7.)

1913년부터 1918년까지 오년 간의 일본 유학 기간 동안 나혜석은 지적으로건 정서적으로건 성장해간다. 아나키즘 사상을 마음에 익히고, 여성의 가치와 자립에 관한 다양한 사상을 배운다. 그리고 일생의 연인 최승구를 만나, 강렬한 '연애'와 그의 갑작스러운 죽음으로 끝없는 절망을 경험한다. 이 경험 속에서 1917년, 스물한 살의 나혜석은 새로운 역사의 선구자이며, 미개지를 개척하는 탐험가가 될 것을 선언하고 있다. 이 과정에서 받게 되는 비난에 대해서는 당연히 감수하겠다는 강한 의지를 표명한다. 일생의 연인이었던 게이오대학 유학생 최승구의 죽음을 겪은 후였다. 그리고 이 충격으로 인해 찾아온 정신의 광란에서 살아남은 직후였다.

실물을 정확하게 그리는 연습

그러므로 젊은 때의 단순한 객기라고 무시하기 어려운, 자신과 세계를 향한 강렬한 열정이 나혜석 내면에서 흘러넘치고 있었다. 여성에 대한 조선 사회의 편견, 조선인에 대한 일본 사회 일반의 차별, 그리고 정신의 동지였던 연인 최승구의 죽음을 겪으면서도 그녀는 무너지지 않고 앞으로 나아갔다. 여기에는 여자사립미술학교에서 배운 세상과 인간을 관찰하는 새로운 시선이 큰 도움이 되고 있었다. 여자사립미술학교는 일본최초의 미술전문학교인 도쿄미술학교가 남학생만 받고 있던 것에 대항하여 설립된 최초의 여자미술학교이다. 1908년, 화재로 건물이 불타버린 후 도쿄 기쿠사카 지역에 서양식 건물을 새로 지어서 이주한다.

새로 지은 학교 건물은 학교의 선구적 의미를 상징하듯 '높은 지역을 잘라 낸 듯한 곳에 위치한, 크고 멋지게 보이는 삼층 건물'로 이루어져 있었다. 이 새로운 교사에서 나혜석은 조선 여성으로서는 처음으로 서양미술을 배운다. 조선 최초의 서양화가인 고희동이 1909년, 그리고 조선인 최초로 일본의 명성 있는 미술 전람회에 특선한 김관호가 1911년 도쿄미술학교 서양화과에 입학하여 다니고 있었지만 모두 남자였다. 1910년대를 통틀어 여자 일본 유학생 수가 40명도 채 되지 않을 정도로 여성의 일본유학이 드문 시절, '미술'전공은 생각도 하지 못한 낯선 일이었다. 그런 시절 나혜석은 조선 여성 최초로 여자사립미술학교 서양화과 선과(選科)에 입학한다.

선과(選科)는 정규학과와는 다른 일종의 비정규과로서 나혜석이 여자사립미술학교의 정규 프로그램인 고등사범과를 두고 선과에 입학한 것은 당시 조선 교육과정과 일본 교육과정의 차이때문이었다. 이 당시 일본에서는 4년제 고등학교를 마친 자에 한하여 전문학교 입학 자격을 주고 있었는데 조선의 여자고등학교 경우 3년 과정이어서 일본전문학교 입학자격을 채울 수 없었다. 아버지의 반대로 일 년간 휴학한 후 복학하면서 나혜석이 서양화과의 선과가 아니라, 고등사범과 2학년으로 옮길 수 있었던 것은 선과에서 일 년간 공부한 경력이 도움이 된 덕분이었다.

나혜석이 다니던 무렵의 여자사립미술학교는 임화보다는 실물사생을 중시한 교육을 실시하고 있었다. 임화(臨畵)는 모범으로 삼은 화가의 그림을 그대로 본떠서 그리는 것이며, 사생(寫生)은 실물이나 풍경을 직접 보고 그대로 그리는 것을 말한다. 실물사생을 중시하는 교육 방침은 교사들의 수업에도 반영되어, 매일 하루도 빠짐없이 붓을 잡아야 한다는 생각으로 수업 시간 이외, 일요일에도 식물원이나 강으로 스케치를 나가라'고 학생들에게 가르치고 있었다. 여자사립미술학교의 실물사생 중시 교육 방침에 따라서 나혜석은 해부학을 배우는가 하면, 속옷만 입은 남자 모델을 앞에 두고 인체 데생을 하고, 야외로 나가 이젤을 펴두고 스케치를 하기도 했다. 여자가 일반 사람들 앞에서 이젤을 세워두고 그림을 그리는 일은 물론 반라의 남자 몸을 바로 앞에서 보는 것은 조선에서는 상상도 할 수 없는 일이었다.

나혜석은 실물사생 위주의 교육에 대해서 훗날 '형체와 색채와 광선만 너무 중요시한 결과 개인성, 순수한 예술적 특징이 부족했다고 비판한다. 그러나 이 교육이 그녀에게 가르쳐준 것은 컸다. 식물원에서, 공원에서 풍경을 세밀하게 관찰해서 그리는 연습을 끊임없이 반복하면서 나혜석은 자신도 몰랐던 풍경을 발견하게 된다. 생각해보면 언제나 조선에서 봐온 전통적 산수화 속의 풍경은 대다수 소나무와 달이 주된 풍경을 이루면서 선비의 높은 지조와 절개를 반영하고 있었다. 장소가 다르고 풍경이 달라도 산수화 속 내용은 언제나 절개와 지조를 담고 있었다. 조선조를 지배한 '충'의 유교이데올로기가 실제의 풍경을 없애고 그 자리를 차고 앉아있었던 것이다.

눈앞에 펼쳐진 풍경을 하나하나 정확하게 관찰한 후 화폭에 옮기는 연습을 하면서 나혜석은 원래 존재했음에도, 보지 못하고 있던 풍경을 발견해간다. 그 풍경 속에는 가난한 인력거꾼도 있고, 하층민들이 주고받는 거친 말도 있고, 흐린 하늘과 모래 바람도 들어있었다. 전통적 산수화 속, 선비의 지조와 절개를 상징하는 소나무와 차가운 달, 학이 사라진 대신 살아 움직이는 세상이 나혜석의 눈에 들어오기 시작한 것이다. 나혜석은 관념적 유교 이데올로기로 덧씌워진 세상을 벗어나 사람들이 실제로 살아가는 세상, 그 세상의 풍경을 '실물사생'을 통해서 발견해내고 있었다.

이 발견은 비단 그림을 그리는 일에만 해당된 것이 아니었다. 그림 그리기를 넘어 세상을 바라보는 시선, 전반에 해당되었다.

유교 이데올로기라는 가림막을 걷어내고 객관적 시선으로 세상 풍경을 바라보게 된 덕분에 기존에 알고 있던 관념적 세상과는 다른 새로운 세상이 그녀 눈 앞에 펼쳐지고 있었다. 그 세상에서는 인간 간에도 남녀 간에도 귀함과 천함의 차별이 없었다. 모든 인간이 동등하듯 여성도 원래는 태양이고, 인간이며, 남성들과 동등한 존재였다. 오빠 나경석으로부터 배운 자유와 평등의 아나키즘 사상, 세이토 그룹의 여성 해방사상을 통해 배운 이론이, 실제 풍경을 객관적으로 포착하는 사생 훈련을 통해 살아 움직이는 사상으로서 나혜석에게 다가오고 있었다.

4. 현실의 공간, 조선 그리고 만주

조선은 유럽 각국에 비하면 한 가지도 없어요. 황무지요, 사막이예요. 거기 씨를 뿌려가지고 자랄 때까지가 까맣고 그동안 그들은 쉬지 않고 진보할 것이지요. 조선에도 한 걸음 두 걸음 걸어가야 할 사람도 있어야하겠지만 한 번 엄청나게 껑충 뛰는 사람이 있었으면 좋겠어요.

(나혜석, 「파리의 그여자」, 『삼천리』, 1935. 11.)

경성으로의 귀향, 식민지라는 공간

나혜석은 오년 간의 유학생활을 마치고 1918년 4월 경성에 돌아온다. 경성은 그녀가 떠나던 그때와 비교해서 변한 것이 없었다. 여전히 황량하고, 음울하며 무채색이었다. 일제의 무자비한 탄압 탓에 민족 간의 감정은 더 깊어져 있었고, 사회는 심하게 불안정했다. 사람들에게서는 자유로움과 활기를 찾을 수가 없었다. 수도 경성은 오백년 도읍지 한성의 전통적 기억을 모두 지워내고, 기억이 지워진 자리에 일본 지배의 새로운 역사를 기념하기 위한 새로운 기억을 이식해가고 있었다. 명성황후가 일본인들에게 시해당한 경복궁에는 근대적 미술관이 들어서서, 사람들은 모멸스러운 비극적 역사를 잊은 채 유원지를 가듯 그곳을 드나들고 있었다. 나혜석이 돌아온 식민지의 수도 경성은 기억도, 희망도, 생명력도 없는 불모의 땅이 되어 있었다.

경성에 도착하면서 나혜석은 황폐한 식민지 현실과 직면한다. 도쿄에서 보낸 오년 간의 시간은 활기 넘치고, 자유롭고, 눈부시게 아름다웠지만 환영일 뿐이었다. 꿈은 끝났고, 불모의 땅 조선이 현실로서 그녀를 기다리고 있었다. 낭만적 연애의 기억은 도쿄에 묻어두고 조선의 독립을 이루어내기 위해 마음을 재무장해야 했다. 귀국과 동시에 모교인 진명여학교에 교편을 잡지만 유학생활로 인한 피로감, 연인 최승구의 죽음으로 인한 상처가 귀국과 함께 한번에 몰아닥친 탓인지 건강이 좋지 않아 4개월도 제대로 채우지 못하고 그만둔다. 쉬면서 참으로 오랜만에 자유롭게 그림을 그리고, 글을 쓰면서 편안한 시간을 보낸다. 그러나 그 평온함도 오래가지를 못했다.

조선도, 조선의 수도 경성도 여전했지만, 나혜석이 조선을 떠나 있던 동안 조선 밖에서는 제1차 세계대전이 일어나서 전 세계가 전쟁에 휘말려 들어가 있었다. 전쟁은 4년 간이나 지속되다가 나혜석이 귀국한 1918년 프랑스, 영국, 러시아 연합국의 승리로 끝이 난다. 이 전쟁 덕분에 일본은 연합국에 물자를 팔아서 벼락부자가 쏟아져 나올 정도의 엄청난 경제호황을 누리게 된다. 그러나 이 전쟁이 일본제국 뿐 아니라 조선과 같은 약소국에게 전해 준 희망도 있었다. 승전국으로서의 영광과 이득을 얻은 미국의 윌슨 대통령이 패전국의 식민지 처리를 위해서 '민족 자결주의'를 천명하고 나온 것이었다. 민족자결주의란, 각 민족은 정치적 운명을 스스로 결정할 권리가 있으며, 다른 민족의 간섭을 받을 수 없다는 것, 즉 민족의 자기 결정권을 의미하는 것이었다.

윌슨이 던진 민족자결주의는 식민지 조선인들에게 더할 나위 없는 희망의 말이었다. 미국이라는 나라가 연합국의 우방인 일본에 손해가 되는 행동을 할 리가 없었지만, 조선 지식인들은 이 말에 기대어 독립의 꿈을 꾸고 그 꿈을 실행에 옮겨갔다. 1919년 2월 8일 일본의 조선인 유학생들이 독립선언서를 각국 대사관과 일본 국회의원, 조선총독부, 일본 여러 지역의 신문사에 보낸 후, 도쿄의 조선 YMCA 강당에 모여 독립 선언문을 만장일치로 채택한다. 이 움직임은 조선에도 전해져서, 3월 1일의 거대한 민족운동으로 이어진다. 휴양을 취하고 있던 나혜석은 3·1운동 다음 날인 3월 2일 함께 일본 유학을 한 황에스더, 김마리아 등과 함께 만세운동을 이어가기 위해 조선 여학생들을 참여시킬 계획을 추진한다.

이를 위해 나혜석은 개성과 평양의 여학교를 방문하여 참여를 권유할 정도로 열심히 움직이지만 성과도 얻지 못한 채 모임을 눈치 챈 일본 경찰에게 체포당한다. 학생들을 불온한 만세운동에 참여하도록 독려한 혐의였다. 경성지방법원검사국에서 검사 심문을 받고, 서대문형무소에 오개월간 투옥되어 있다가 한여름 더위가 이어지고 있던 8월 초 증거불충분으로 풀려난다. 고문과 취조가 동반된 오개월간의 수형생활 속에서 정신적으로건 신체적으로건 쇠락해져갔다. 고문을 가하는 가해자에 대한 분노, 정당한 일을 했음에도 보상 없는 현실에서 오는 무력감, 외부와 단절된 상황에서 오는 고립감을 견디는 것은 풍요로운 환경에서 스무 해를 살아온 여자에게 쉬운 일이 아니었다. 오개월간의 힘든 시간을 보내고, 출옥하여 가까스로 몸을 추스른 후, 교직에 몸을 담지만 곧, 어머니의 죽음을 겪는다.

나혜석의 어머니 최시의는 앞선 시대 의식을 지닌 사람이었다. 그녀의 아버지는 1881년 서구문명과 일본의 문물제도를 배우기 위해 정부에서 파견한 신사유람단 수행원으로 일본에 가서 두 달이 넘는 기간 동안 머물면서 일본의 힘과 시대 변화를 보고 돌아온 최성대이다. 개명관료의 딸답게 최시의 역시, 학문을 통해 익힌 지식과 시대적 상황을 읽는 감각을 함께 지니고 있었다. 그녀는 다섯 아이를 낳아 기르면서 마을의 부녀자들을 모아 자선사업을 펼치는가 하면 부녀자들의 교육의 필요성을 주장하는 등 당시 양반가문의 일반 여성과는 다른 삶을 살았다. 나혜석이 아버지의 결혼 강요에도 불구하고 교사생활을 하며 독신을 유지할 수 있었던 것도, 집안의 중심이었던 아버지 나기정이 1920년 말, 병으로 죽은 후 다시 유학생활을 이어갈 수 있었던 것도 집안의 또 다른 어른이었던 어머니의 적극적 지원이 있었기에 가능한 일이었다.

그 어머니를 잃은 것이었다. 수형생활로 인한 몸과 마음의 상처가 채 아물지도 않았는데 정신의 든든한 버팀목이 되고 있던 어머니의 죽음까지 그녀를 덮쳐버린 것이었다. 함께 출옥한 김마리아, 황에스더가 일본제국에 맞서는 새로운 조직을 만들었지만, 거기에 가담하지 않아 동지들로부터도 고립되어 있었다. 함께 진명여학교로 진학해서 삼 년의 학교생활과 기숙사 생활, 그리고 일본 유학생활도 함께 했던 여동생 지석은 이미 결혼을 해있었다. 정신적 스승이었던 오빠 경석은 3·1운동 참여로 징역 3개월 형을 받고 출옥한 후 일제의 감찰대상이 되어 아무런 활동도 하지 못한 채 무기력한 시간을 보내고 있었다. 만세운동이 실패로 돌아간 후에도 이곳저곳에서 여전히 산발적 시위가 계속되었다. 길거리에서 일본경찰을 갑자기 덮치다가 목숨까지 잃으며 저항을 이어간 사람들이 끊이지 않고 나왔지만 이미 결론은 나 있었고, 더 이상의 희망은 보이지 않았다.

김우영과의 만남

벌써 옛날 내가 19세 되었을 때의 일이외다. 약혼하였던 애인이 폐병으로 사거(死去)하였습니다. 그때 내 가슴의 상처는 심하여 일시 발광이 되었고, 연하여 신경쇠약이 만성에 달하였었습니다. 그해 여름 방학에 동경에서 나는 귀향하였었나이다. 그때 우리 남형(나경석)을 찾아 또 나를 보러 겸겸하여 우리 집 사랑에 손님으로 온 이가 씨(김우영)였습니다. 씨는 그때 상처한 지 이미 3년이 되던 해라 매우 고독한 때이었습니다.(나혜석, 「이혼고백장」, 『삼천리』, 1934. 8.)

그런 그녀의 곁을 지켜준 것이 교토제국대학 법학부 출신으로, 부인과 사별한 김우영이었다. 졸업 후 변호사 시험을 준비하고 있던 그는 시험에 합격하자 곧, 투옥 중인 나혜석을 변호하기 위해 한걸음에 조선에 달려올 정도로 나혜석에게 열정적이었다. 1916년, 친구 나경석을 방문하러 들렀다가 그 집 사랑방에서 나혜석과 우연히 마주친 그 순간부터 김우영은 나혜석에게 한마음으로 헌신했다. 최승구의 죽음으로 인한 극심한 충격으로 자신의 세계에 틀어박혀있던 나혜석에게 답장도 받지 못하는 편지를 보내는가 하면 나혜석이 오사카에 들른다는 정보를 듣고는 자신을 알아보지도 못하는 혜석을 만나러 가서 인사를 건네기도 했다. 뿐만 아니라 시간을 내어 교토에서 도쿄까지 먼 거리를 만나러 가기도 했다. 나혜석에게 최승구가 일생의 연인이었듯, 김우영에게는 나혜석이 일생의 연인이었다.

나는 R양을 이렇게 사랑하는 동시 단 것 뿐만 아니라고 생각해요. 쓰고, 떫고, 매운 것까지라도 당하고 견디려 하는 것이외다. R양이 만일 버리신다 하면 나는 그대로 울 뿐

일 터이외다. 결코 다른 이성에게 사랑을 얻으려고 하지 않아요. 네? 영원히 사랑해 주셔요.(나혜석, 「4년 전 일기 중에서」, 『신여자』,1920. 6.)

그는 열정을 다해 나혜석을 사랑했고, 그런 사랑이 일생의 연인 최승구를 잃고 절망감에 빠져있던 나혜석의 마음을 움직였다. 그런 그가 이번에는 수형생활의 고초를 겪은 후, 어머니를 잃은 데다가 동지들과 분리되어 심리적으로 고립되어 있던 나혜석의 곁을 지키고 있었다. 물론 그는 최승구처럼 예술적 감성을 가지고 있지 못해서 나혜석과 정신적 공감대를 이루기도 어려웠고 첫 부인을 사별한데다가 나이도 열 살이나 많았다. 그러나 나혜석 역시, 최승구와의 떠들썩한 연애가 조선 사회에 널리 소문이 나있었던 데다가, 이미 혼기를 놓친 나이에 있던 만큼 이런 단점은 큰 문제가 되지 않았다. 상실감, 고립감, 무력감에 빠져있던 나혜석에게 김우영은 열 살 연상의 나이가 주는 푸근함, 변호사라는 안전한 직업을 가지고 있어서 든든한 산처럼 의지할만한 사람이었다. 무엇보다 그는 그녀를 세상 무엇보다 사랑하고 있었다.

1920년 4월 10일 나혜석은 김우영과 정동예배당에서 결혼식을 올린다. 주례는 YMCA창설자 중 한 사람인 김필수 목사가 맡았다. 김우영 삼십 오세, 나혜석 이십 오세였다. 나혜석은 김우영에게 전남 고흥군의 최승구 묘지에 가서 비석을 세우는 일로 신혼여행을 대신하자는 부탁을 한다. 요절한 연인 최승구에 대한 미

사진 12 | 나혜석 김우영 결혼사진(정동교회에서 1920년 4월10일 김필수 목사의 주례로 결혼)(수원시립미술관소장)

안한 마음이 이해되지 않는 것은 아니었지만 상식을 넘어선 부탁이었다. 이 말도 안 되는 부탁을 김우영은 받아들인다. 나혜석에 대한 마음이 그 정도로 깊었던 것이다. 신혼여행에서 돌아와서는 부산 동래에 머물고 있던 홀시어머니를 모시고 와서 신혼생활을 시작한다. 나혜석은 결혼 전에 다니고 있던 정신여고에서 학생들을 가르치고, 인사동에 변호사 사무실을 운영하고 있던 김우영은 변호사 일을 계속한다. 김우영은 일본인 변호사와 연합해서 변호사 사무실을 키우는 한편, 만세운동에 관련한 조선인들 변호를 도맡아 하면서 변호사로서의 명성을 쌓아갔다.

> 내 도교행은 비교적 침착하였고 긴장하여 일분일각을 아끼어 전문방면에 전심치지(專心致志)하였었다. 과거 4, 5년간의 유학은 전혀 헛것이오, 내가 도쿄에 가서 공부를 하였

다고 말하려면 오직 이 2삭간 뿐이었다. 내게는 지금도 그 때의 인상밖에 남은 것이 없다.

(나혜석, 「모(母)된 감상기」, 『동명』, 1923. 3. 18.)

나혜석은 결혼생활에서 안정을 얻어갔다. 결혼 후 곧 첫 아이를 임신하자 정신여학교를 사직하고, 남편에게 두 달의 말미를 얻어 혼자 일본으로 건너가서 도쿄의 문화를 만끽하면서 여유로운 시간을 보낸다. 조선의 일반적 기혼 여성들이 꿈조차 꿀 수 없던 배려를 남편 김우영으로부터 받은 것이었다. 여전히 자유롭고, 여전히 화려하며, 여전히 활기찬 도쿄의 공기는 감옥생활과 어머니의 죽음, 동지들로부터의 고립으로 인해 생긴 마음의 상처를 치유해주기에 충분했다. 조선을 탄압하는 일본제국의 수도에서 상처를 치유받는다는 것이 아이러니컬하기는 했지만 나혜석에게 도쿄는 그런 힘을 가진 곳이었다. 그녀에게 도쿄는 제국의 수도를 넘어, 이상적 의미를 지닌 공간이었다. 도쿄에서도, 그리고 돌아와서도 그녀는 강렬한 창작욕으로 쉬지 않고 그림을 그렸고, 마침내 칠십 점의 그림들을 모아서 임신 구 개월의 몸으로 개인전시회를 성공리에 개최한다. 더할 나위 없이 충만하고 더할 나위 없이 순조로운 날들이 이어졌다. 첫 딸 출산 후 산후우울증을 겪기도 하지만 순조로움을 깰 정도는 아니었다.

이 시기 조선사회의 정치적 분위기는 나혜석이 심리적 안정감을 얻는데 큰 도움이 되었다. 3·1운동의 거대한 규모에 놀란 일제가 강압적 정책 일변도의 하세가와 총독을 해임하고, 새로운 총독을 임명하여 유화정책을 펼치면서 조선 사회에도 많은 변화가 일어나고 있었다. 여기에 일본 사회에 퍼져있던 민주주의적 조류까지 전해오면서 변화는 급격하게 진행되었다. 3·1운동의 실패로 인한 좌절감, 무력감이 여전히 사회를 뒤덮고 있었지만 한쪽에서는 새로운 움직임이 만들어지고 있었다. 번쩍이는 환도를 찬 군인들이 사라지고, 경찰이 그 자리를 대신하면서 사람들의 공포감이 줄어들었다. 언론과 사회활동이 허용됨에 따라 민족자본의 『동아일보』를 비롯해서 『창조』, 『개벽』 등 여러 종류의 잡지가 창간되고 사회운동단체들이 만들어졌다. 지면이 생기니 글을 통해 사회를 개조하려는 움직임이 강해졌고 그런 만큼 깨인 의식과 필력을 지닌 사람이 필요하게 되었다.

나혜석은 이와 같은 변화의 시기에 필요한 사람이었으며, 조선에서 이 역할을 해낼 수 있는 몇 안 되는 사람 중의 하나였다. 그녀는 다이쇼 시대가 시작되는 때 일본에서 유학생활을 하면서 신여성 그룹 『세이토』의 남녀평등 사상을 직접 접했고, 마쓰이 스마코 주연의 연극 『부활』이라든가 『인형의 집』을 관람하면서 새로운 남녀관계의 틀을 마음에 익힌 바 있었다. 그러나 조선 귀국과 더불어 3·1운동이 일어나면서 선진적 일본 사회에서 연마한 자신의 재능과 역량을 제대로 펴 보일 기회조차 얻지 못하고 있었다. 3·1운동은 비록 실패로 끝났지만 조선 자립과 새로운 조선 건설을 위해서 그녀가 배워온 근대적 지식과 예술적 재능을 사람들에게 풀어놓을 때가 된 것이었다. 게다가 삼일 운동 이후, 새로운 조선 건설에 앞장선 엘리트들은 나혜석이나 남편 김우영 혹은 오빠 나경석과 일본유학을 통해 친분을 쌓아온 삼십대 초, 중반의 일본유학출신자들이었다.

1920년 민족자본으로 창간된 『동아일보』 사주 김성수와 사장 송진우는 나경석과는 일본 세이소쿠 영어학교 선후배관계이며, 김우영과는 함께 3·1운동 시위를 모의한 동지였다. 당시 조선 신청년을 이끈 이광수는 일본유학시절 나혜석과 『학지광』을 통해 이미 인연을 맺고 있었고, 조선 최대 종교인 천도교의 핵심에 있던 최린 역시, 김우영, 나경석 등과 친분이 깊었다. 삼일 운동을 기점으로 오랜 기간 조선을 이끌어왔던 정치원로들은 뒤로 물러나 앉고, 일본유학을 통해 서구적 근대를 배우고 돌아온 30대 초, 중반의 신지식인들이 전면에 등장하여 새로운 사회건설의 역할을 담당하고 있었는데 이 신지식인들 모두, 나혜석 부부와 깊이 연관되어 있었다. 나혜석은 능력, 재능, 여기에 조선 최고의 인맥까지 가지고 있었던 셈이다. 무엇하나 부족한 것이 없었던 만큼 거침이 없었고, 의욕에 가득차 있었다. 새로운 조선건설을 향한 책임감으로 마음을 채우고 있었지만, 그 책임감에는 삶의 정상에만 서있던 엘리트들이 지닌 오만함도 들어있었다.

1916년부터 1919년에 이르는 삼 년간, 최승구의 죽음, 투옥생활, 어머니의 죽음 등을 연이어 겪지만, 그녀 삶 전반을 뒤엎을 정도로 치명적이지는 않았다. 그녀 스스로 '발광'이라고까지 표현

할 정도로 최승구의 죽음으로 인해 깊이 절망했을 때에도 수원 나주 나씨 집안의 딸이자, 조선유학생 핵심에 있던 나홍석, 나경석의 여동생이라는 막강한 배경이 그녀를 떠받치고 있었다. 투옥, 어머니 죽음으로 인한 절망감과 무기력함에 빠져있을 때에는 김우영이 나타나, 교토제대 출신 변호사의 아내라는 사회적 배경을 그녀에게 만들어주었다. 여성의 연애가 '흠'이 되고, 능력과 재능이 '덕'(德)이 될 수 없던 조선 사회에서 나혜석은 요란한 연애와 급진적 사상에도 불구하고 언제나 사회의 관심과 존경을 한 몸에 받아왔는데 여기에는 그녀의 재능과 자질과 더불어 그녀를 둘러싼 배경의 힘도 컸다.

시대의 히로인, 나혜석

조선아 내가 너를 영결(永訣)할 제
개천가에 고꾸라졌든지 들에 피뽑았든지
죽은 시체에게라도 더 학대해 다구
그래도 부족하거든
이 다음에 나 같은 사람 나더라도
할 수만 있는 대로 또 학대해 보아라
그러면서 서로 미워하는 우리는 영영 작별된다
이 사나운 곳아, 이 사나운 곳아"

— 김명순, 「유언」(『생명의 과실』, 1925.4.)

실제로 이 시대 모든 신여성이 나혜석처럼 떠들썩한 연애를 하고, 급진적 사상을 전파하고도, 남성작가들의 호의, 언론의 우호적 관심과 존중, 사회적 인정을 받을 수 있는 것은 아니었다. 일본 유학 출신의 신여성 소설가 김명순에 대해서 조선사회는 냉정했다. 김명순은 1896년 나혜석과 같은 해 태어나서 나혜석보다 한 해 빨리, 우수한 성적으로 진명여학교를 졸업한 후, 일본유학을 떠난다. 1917년 『청춘』 잡지 현상소설모집에 여성으로서는 최초로 당선될 정도로 뛰어난 문학성을 지닌 것은 물론 여러 문예지의 동인으로도 활동했다. 뛰어난 문학적 재능, 명민함, 여기에 더하여 시대를 뛰어넘고자 하는 의욕도 강했지만 그녀는 한번도 조선사회의 구성원으로서 받아들여지지를 못했다. 삶의 대부분의 시간을 성폭행 피해자, 부호의 내연녀, 방종한 여자, 더러운 피라는 오명 속에서 보내야했다.

여기에는 불안정한 정신세계에 기인한 자유분방한 생활 탓도 있지만 그보다는 그런 정신세계를 만든 원인이었던 신분의 한계가 결정적 요인으로 작용하고 있었다. 김명순은 신분제도가 여전히 강하게 남아있던 조선사회에서 기생첩의 딸로 태어난다. 김명순이 일본육사생도 이응준으로부터 데이트 강간을 당한 것도, 그런

사진 13 | 20대의 김명순(1896. 1. 20.-1951. 6. 22.) 일본 도쿄 아오야마 뇌병원에서 행려병자로 사망함

파렴치한 범죄를 저지른 이응준이 사회적 비난을 피해갈 수 있었던 것도, 피해자인 그녀가 오히려 범죄유발자로 되어버린 것도, 평생 남성작가들의 성적 조롱의 대상물이 되었던 것도 대부분, 기생첩의 딸이라는 그녀 신분이 이유였다. 기생은 인간이 아니라 '춘정(春情)을 파는 동물'로 이기에, 기생의 강간은 죄가 되지 않던 조선사회에서 그녀는 아무리 노력해도 결코 독립적 인간, 사회구성원으로서 인정받을 수가 없었던 것이다.

> 처녀 때에 강제로 남성에게 정벌을 받았다는 이유가 있기 때문에 더 한층 히스테리가 되어 가지고 문학중독으로 말미암아 방분하여졌다는 것이다. 그리고 이것들 모든 요소를 층층으로 쌓아 놓은 그 중간을 뛰어뚫고 흐르는 것이 외가의 어머니 편의 부정한 불순한 혈액이다. 이 혈액이 때로 잠자고 때로 구비치며 흐름을 따라서 그의 동정이 일관되지 못한다. 그리고하야 이 동정이, 그의 시에, 소설에 또한 그의 인격에 나타난다. (김기진, 「김명순씨에 대한 공개장」, 『신여성』, 1925. 11.)

행려병자로 삶을 마감하였다는 점에서 김명순과 나혜석은 묘하게 닮은 인생을 살았다고도 할 수 있다. 그러나 삶의 마지막은 같았을지 몰라도, 마지막에 이르는 경로는 달랐다. 재능과 열정을 마음껏 발휘하고, 그에 대한 사회적 찬사와 존경을 과할 정도로 되돌려 받았던 나혜석과 비교할 때, 김명순에게 조선 사회는 더할 나위 없이 '사나운 곳'이었다. 노력해도, 노력해도 돌아오는 것은 성적조롱과 경멸밖에 없었다. 김명순은 사회적 경멸 속에서 생모를 부인하며 평생을 살아야했던 탓에 자아존중감이라는 것을 마음에 둘 틈이 없었지만 나혜석은 그렇지 않았다. 수원 유지 집안에서 태어나, 사회적 명망을 받고 있던 아버지, 오빠들을 배경으로 두고, 주변의 존중과 배려를 받으며 성장한 덕분에 근본적으로 밝고, 긍정적이었다. 존중을 받고 큰 사람들이 흔히 그렇듯, 중성적이라 평해질 정도로 사람을 대하는데 거침없고, 자신감이 강하고 관대했다.

그러나 유복한 환경에서 태어나 사회의 높은 기준을 채우면서 살아온 대다수 사람들이 그렇듯, 나혜석의 자신감, 긍정성에는 심한 자기중심성이 함께 섞여 있었다. 아울러 실패의 경험이 없었던 만큼, 관대함을 베푸는 대상, 기준이 협소하고 엄격했다. 예를 들자면 남편 김우영에게 요절한 연인 최승구의 묘소를 참배하고 비석을 세워줄 것을 요구한 것은 자기중심성 이외 어떤 말로도 표현하기가 어렵다. 그리고 여성의 자립이라는 이념적 기준에 따라 배움이 없는 가난한 빈민과 여성들에게는 한없는 연민을 보인 반면 기생들의 불우한 삶에는 일말의 연민 없이 냉정한 태도를 보이는 등, 경직된 관대함을 지니고 있었다.

나는 당신의 인형 아내였어요.

친정에서 아버지의 인형 아기였던 것이나 마찬가지로요.

나는 당신이 데리고 노는 게 즐겁다고 생각했어요.

내가 아이들을 데리고 놀면 아이들이 즐거워하는 것이나 마찬가지로요.

토르발, 그게 우리의 결혼이었어요.

(H. 입센, 『인형의 집』(1879) 중)

나는 인형이었네/아버지의 딸인 인형으로/
남편의 아내 인형으로/그네의 노리개였네/

노라를 놓아라/순순히 놓아다고/
높은 장벽을 열고/깊은 규문을 열고/
자유의 대기 중에 노라를 놓아라/

(나혜석, 「인형의 家」(1921. 4. 3.) 중)

이와 같은 자기중심성과 경직된 관대함은 나혜석의 삶을 떠받치는 긍정적 힘이었던 동시에 삶을 파국으로 몰아넣는 파괴적 에너지이기도 했다. 일단 1920년대의 나혜석에게 이 단점은 일종의 장점으로 작용하고 있었다. 자신의 삶에 집중한 덕에 임신, 육아, 남편 뒷바라지로 바쁜 중에도 글을 쓰고, 그림을 그리면서 독립적 인간으로서의 정신세계, 삶의 영역을 지켜내고 있었다. 인간으로서의 자신을 찾기 위해 집을 떠난 여인, '노라'의 삶을 담은 입센의 『인형의 집』을 조선어로 번역하고, 여성의 자립에 관한 논설과 소설을 발표하는가 하면, 조선미술전람회에 그림을 출품하여 연이어 입선의 영광을 안은 것이 바로 이 시기였다 조선 사회 전체가 그녀를 주목했으며, 그녀 글 한 줄, 한 줄이 힘을 지니고 사람들에게 전달되었다. 나혜석 일생에서 가장 의욕적이고 자신감이 넘치던 시기가 펼쳐지고 있었다.

모래바람의 땅, 만주로의 이주

삶의 거주지를 경성에서 중국 안동현으로 옮긴 것도 이 때였다. 1921년 일본인 변호사와 연합 사무소를 개원하여 3·1만세운동에 가담하여 체포된 조선인사건 담당 변호사로서 한참 명성을 얻고 있던 김우영에게 일제가 중국 안동현 부영사직을 제안해온다. 식민지 조선의 엘리트들과 긴밀하게 연결되어 있으면서 일본제국과도 사이가 나쁘지 않은 김우영의 인맥, 정치력, 능력을 일본 정부가 꿰뚫어본 것이었다. 김우영 입장에서는 거절할 이유가 없는 제안이었다. 김성수, 최린 등 조선 엘리트들과 함께 3·1운동의 거사를 모의하기는 했지만 변호사가 되려고 결정한 그 순간 김우영은 이미 일제의 사법체계 안으로 들어서며 일제에 순응하고 있었기 때문이다. 게다가 3·1운동의 실패를 경험하며, 독립은 요원하다는 것 그리고 조선인을 보호하기 위해서는 제국의 핵심부로 들어가서 힘을 가져야한다는 것을 뼈저리게 느끼고 있던 참이었다.

-대한애국부인단 사건(1920. 변호사 김우영)

-대한청년단사건(1920. 변호사 김우영)

-전대협사건(1920. 변호사 김우영)

-철원군 애국단 사건(1920. 변호사 김우영)

-안성군 독립단 사건(1920. 변호사 김우영)

-대관암살단사건(1921. 변호사 김우영)

-수원군 혈복단 사건(1921. 변호사 김우영)

-구국민단 사건(1921. 변호사 김우영)

김우영 본인의 성공적 미래를 위해서는 당연히 수락해야하는 제안이었다. 나혜석 역시 그랬을까? 나혜석은 이제 막 작가이자 화가로서 입지를 다져가기 시작하고 있었다. 함께 글을 쓰고 그림을 그려온 동료 대부분이 경성에 거주하고 있었다. 제국의 수도 도쿄에서 서구 문화의 정수를 경험하고 돌아온 그녀였던 만큼 경성의 문화적 환경조차 갑갑하게 느끼고 있었다. 이름만 겨우 알고 있는 멀고먼 중국의 황량한 땅 안동현, 조선인이라고 해봐야 가난한 농민들 밖에 없는 그곳으로 이주하는 것은 그녀로서는 겨우 만들어가기 시작한 경력을 포기해야할 수도 있는 큰 모험이었다. 그래도 나혜석은 경성을 떠나 두 아이를 데리고 남편을 따라서 안동현으로 이주한다. 그녀 예술의 원천이었던 도쿄로부터 훨씬 멀어지고 있었지만, 남편을 위해 자신을 희생하는 쪽을 택한 것이었다.

> 실로 나는 재릿재릿하고 부르르 떨리며 달고 열나는 소위 사랑의 꿈은 꾸고 있었을지언정 그 생활에 사장(私藏)된 반찬 걱정, 옷 걱정, 쌀 걱정, 나무 걱정, 더럽고 게으르고 속이기 좋아하는 하인과의 싸움으로부터 접객에 대한 범절, 친척에 대한 의리, 일언일동이 모두 남을 위하여 살아야 할 소위 가정이라는 것이 있는 줄 뉘가 알았겠으며, 더구나 빨아댈 새 없이 적셔 내놓는 기저귀며, 주야불문하고 단조로운 목소리로 깨개 우는 소위 자식이라는 것이 생기어 내 몸이 쇠약해지고 내 정신이 혼미하여져서 "내 평생 소원은 잠이나 실컷 자보았으며"하게 도리 줄이야 뉘라서 상상이나 하였으랴!(나혜석, 「모(母)된 감상기」, 『동명』, 1923. 1. 1.)

그나마 위안이 될 수 있었던 것은 안동현 이주 한 해 전인 1920년, 오빠 나경석이 동아일보사의 연해주 객원기자 자격으로 이미 블라디보스톡으로 옮겨 가 있었다는 점이었다. 그해 4월 조선인의 항일운동에 대한 보복으로 일본군이 러시아 블라디보스톡의 조선인 거주지 '신한촌(新韓村)'을 습격하여 대규모 학살을 자행한다. 나경석의 연해주 행은 일명 '신한촌 사건'으로 불리는 사건 취재가 핵심적 이유였지만 이면에는 일제의 감시 때문에 손발이 묶여 무기력증에 빠져있던 그에게 숨 쉴 틈을 주고자 한 동아일보사 측의 배려가 들어있었다. 정신의 스승인 오빠 나경석이 조선을 떠나 블라디보스톡, 하바로스크 등 러시아 연해주 지역을 돌아다니며, 조선 독립을 이루고 계급 없는 사회를 만들기 위해 노력하고 있다는 것. 이는 나혜석에게 큰 위안이 될 만한 일이었다. 왜 자신이, 도쿄도 그렇다고 경성도 아닌, 이 황량하고 낙후된 이역 땅에 있어야하는지 그 이유를 그나마 오빠의 삶에서 발견할 수 있었기 때문이다.

나혜석이 살고 있는 북만주에서 나경석이 살고 있는 러시아 연해주에 이르는 지역에는 개나리봇짐 하나 지고 먹고 살기 위해 낯선 땅으로 이주해온 가난한 조선 농민들과 조선 독립을 꿈꾸는 혁명가들이 여기저기 흩어져서 살고 있었다. 나경석은 안동현, 봉천, 하얼빈, 그리고 조선인 대규모 학살이 자행된 블라디보스톡의 '신한촌'을 거치면서 조선인 이주민들의 참혹한 실상을 목도한다. 그의 노력과 신념이 필요한 곳이었다. 그 곳은 3·1운동 이후, 무기력감에 빠져있던 그에게 새로운 삶의 방향성을 심어주었다. 나경석의 의지는 그대로 나혜석에게도 전달되었던 듯, 나혜석은 안동현에 도착하자 곧 조선인을 위한 야학을 연다. 그리고 일본고위 관료의 아내라는 위치에도 불구하고 안동현에 거주하던 조선인 혁명단체 의열단의 비밀 회합장소로서 자신의 집을 제공한다.

> 폭탄과 권총은 황옥이 가지고, 유석현 남정각, 박기홍과 함께 단둥으로 가서 나혜석의 숙사에서 하룻밤을 쉬고 그 이튿날 아침에 기차를 타고 갈 적에 나혜석은 폭탄과 권총을 감쳐놓은 여행대에 '단둥영사관'이라고 쓴 종이쪽지를

> 붙여주었던 것이다. 폭탄과 권총은 황옥이 가지고 네 사람이 각각 다른 차 칸에 앉아서 안전하게 서울까지 도달하였다. (한국독립운동사 연구소, 『유자명 수기: 한 혁명자의 회억론』, 국학자료원, 1999.)

이 시기 의열단은 조선총독부 관리에 대한 대규모 암살 파괴 작전을 위해 폭탄 밀반입을 계획하고 있었다. 그런 의열단의 후원자가 되는 일은 자신은 물론 일제 고위관료인 남편 김우영의 빛나는 미래까지도 파멸로 이끌, 그지없이 위험한 일이었지만 나혜석은 묵묵히 수용한다. 의열단과 오빠 나경석이 '아나키즘'이라는 이념으로 연결되어 있었던 만큼, 나혜석으로서는 의열단을 돕는 것은 조선 독립을 돕는 것인 동시에 오빠 나경석을 돕는 것이기도 했다. 나혜석과 나경석은 오누이 사이를 넘어, 스승과 제자 혹은 정신적 동지로서 묶여있어서, 나경석의 이념과 신념은 나혜석의 이념과 신념이기도 했다. 나경석이 부모를 설득하여 동생 나혜석의 일본유학을 성사시키던 그때부터, 아니 어쩌면 어린 시절부터, 이 두 사람은 형제들 중에서도 유독 깊은 정신적 유대감으로 연결되어 있었다.

오빠 경석이 만주와 연해주를 떠돌고 있었고, 남편 김우영의 근무지였기에 참고 버티기는 했지만 나혜석에게 안동현의 생활은 힘들었다. 친구도 없고, 문화라고 이름 붙일 만한 것도 전혀 없어서 고립감이 극심했는데다가 아이들 뒷바라지며, 끊이지 않는

사진 14 | 나혜석이 안동현의 중국인 노동자 풍경을 그린 『지나정(支那町)』(1926) 제5회 조선미술전람회 입선작(『조선미술전람회도록』, 경인문화사, 1982.)

남편 손님들로 쉴 시간을 내기도 어려웠다. 급변하는 날씨도 한몫하였다. 한치 앞도 보기 어려울 정도로 불어닥치는 모래바람, 한없이 춥고 긴 겨울, 흘러내린 땀으로 속옷까지 적실 정도로 무더운 여름, 어느 하나 만만한 계절이 없었다. 이 혹독한 날씨와 지친 생활 속에서도 나혜석은 시간을 내어서 야외로 나가, 스케치를 하고 그림을 그렸다. 그림은 세상과 자신을 이어주는 유일한 통로였다. 그림을 그리는 그 순간만큼은 다른 그 누구도 아닌, 나혜석으로서 존재할 수가 있었다.

> 만주의 석양은 참으로 홍색을 띠고 있소. 일본 속요에 '만주의 붉은 저녁빛'이란 말이 이것을 형용한 것인 듯하오.

한 없이 널푸러진 바다같은 평원광야에 기차가 죽은 듯이 아무소리 없이 서있소. (나경석, 『공민문집』, 정우사, 1980.)

과연 콧물 눈물 흘린 아이들로부터 암내가 쏟아져 나오는 중국 노동자들이 삽시간에 우리를 짓는데, 정신이 아뜩하여졌다. 게다가 만주의 명산인 바람이 휘휘 지나가자 마차 바퀴에 튀어오르는 흙먼지가 쫙쫙 부려 들어오면 한참씩 눈을 감았다가 뜰 때도 있었다. 나중에는 입에서 모래가 설컹설컹 씹히고 코에서는 말똥내, 쇠똥내가 물큰물큰 나온다.(나혜석, 「미전출품 제작 중에」, 『조선일보』, 1926. 5. 23.)

나혜석은 만주의 모래바람 속에서 육 년을 보내며 세 아이 엄마로서, 외교관 아내로서 자신에게 맡겨진 책임과 의무를 완벽하게 수행해낸다. 여기에 더하여 조선인 이주민을 위해 야학을 열고, 만주를 떠도는 조선인 혁명가들을 보살피는 위험한 일까지 덤으로 한다. 이 바쁜 생활 속에서 열심히 그림을 그리고 글을 써서 화가로서의 인정과 작가로서의 명성도 얻는다. 이처럼 자기희생과 인내, 고도의 집중력이 요구되는 피곤한 삶을 육년이나 이어간다. 이 육년 동안 그녀는 아내로서도, 엄마로서도, 한 인간으로서도 더할 나위가 없이 완벽한 모습을 보였으니 체력도, 마음도 쇠잔해질 만했다. 안동현 생활 육 년째인 1927년, 김우영이 조선총독부가 외지(일본은 자신들의 식민지를 外地라고 불렀음) 근무자에게 제공하는 보상 휴가인 유럽시찰여행 기회를 얻게 되자 나혜석은 이 여행에 따라나선다.

5. 날마다 축제와 같은 도시, 파리

꿈의 파리, 꿈같은 날들

어네스트 헤밍웨이의 『파리는 날마다 축제』라는 책이 있다. 예순 살이 넘은 노년의 헤밍웨이가 1921년부터 1926년까지 자신의 파리생활을 돌아보면서 쓴 글을 모은 것이다. 파리에 머문 그 시절, 헤밍웨이는 이제 겨우 스물 두셋, 한창 때였으니 굳이 파리가 아니었어도 날마다 축제였겠지만 그 장소가 '파리'여서 그 축제의 분위기는 더욱더 강렬했던 듯하다. 그는 "아무리 가난한 사람도 잘 지낼 수 있고, 글도 쓸 수 있는"도시로서 파리를 표현하고 있다. 가난한 작가에게, 1920년대의 파리는 더할 나위 없는 도시였던 것이었다. 1920년대의 파리에는 헤밍웨이를 포함해서 전 세계의 천재들이 모여들었다. 작가, 화가, 무용가, 음악가, 패션 디자이너, 건축가들이 모여 서로 교류하면서 새로운 문화의 장을 만들어내었다.

여기에는 경제적 이유도 한몫했다. 1920년대 프랑스는 제1차 세계대전에 참전한 후유증으로 경제적 어려움을 겪고 있었다. 물가는 치솟았고, 군대가 동원 해제됨에 따라서 실업자는 증가했다. 화폐 가치가 떨어져서, 미국 돈 1달러면 한 달 동안 파리에서 거주할 수 있었다. 미국 관광객들이 몰려오는 것은 당연한 일이었다. 그 관광객 중에는 스콧 피츠제럴드, 어니스트 헤밍웨이, 제임스 조이스 등의 작가들이 포함되어 있었다. 그들은 파리의 미국 여성작가 거투루드 스타인의 살롱에 모여들어, 파블로 피카소, 살바도르 달리, 마리 로랑생 등 파리의 예술가들과 교류하며 파리를 세계문화의 중심지로 만들었다. 세계적 건축가 르꼬르뷔제의 건축물이 파리중심지에 등장한 것도 이 무렵이었다. 1920년대의 파리는 날마다 축제였다.

1927년 5월 21일 미국의 린드버그가 사상 최초로 33시간 무착륙 단독비행으로 대서양을 횡단하여 파리에 도착하며, 축제는 절정에 이른다. 나혜석은 린드버그의 비행이 이루어진 지 두 달 후인 7월 19일 파리에 도착한다. 역사상 대부분의 시기 파리는 세계문화예술의 중심에 있었지만, 1920년대, 특히 나혜석이 도착한 1927년의 파리는 전세계의 예술인들이 모여, 날마다 축제와 같은 아름다운 날이 이어지고 있었다. 도쿄와는 비견될 수 없는 새로운 세상이었다. 도쿄에서 그녀가 접한 서구 예술의 원형이 파리에 있었다. 세잔과 모네, 로트렉이 드나들던 카페가 그곳에 있었고, 글로서만 접하던 작가들이 같은 하늘 아래에서 숨 쉬고 있었다. 식민지 조선의 신여성 나혜석에게, 파리는 말 그대로 날마다 축제가 열리는 꿈같은 공간이었다.

여류화가 나혜석 씨(32)는 예술의 왕국 프랑스를 중심으로 동서양 각국의 그림을 시찰코자 오는 22일 밤 열시 오십 분 차로 경성역을 떠나 일년 반 동안 세계를 일주할 예정으로 금일 오전 일곱 시 사십오 분 경부선 열차로 동래 자택에서 입경하여 방금 조선호텔에 체재 중인 바, 여사는 시베리아를 횡단하여 먼저 노농 사회주의 공화국 연합인 적색 러시아를 거쳐 장차 영국, 독일, 이탈리아, 프랑스, 벨기에, 오스트리아, 네델란드, 스페인, 스위스, 스웨덴, 덴마크, 노르웨이, 터키, 폴란드 체코슬로바키아, 그리스, 미국 등을 순회할 터이라 하며……(『조선일보』, 1927. 6. 21.)

나혜석의 파리행은 즉흥적으로 이루어진 것은 아니었다. 이미 여자사립미술학교 유학시절 자유롭고, 화려한 다이쇼 문화 속에서 서구를 접하면서 파리를 향한 동경과 열망을 마음에 키우고 있었다. 다이쇼 시기 일본소설가, 화가들에게 파리는 문화의 원형과 같은 곳이었다. 고바야시 만고를 비롯해서 나혜석의 미술학교 서양화과의 은사들은 프랑스에 유학을 가서 근대서양미술을 배우고 돌아온 사람들이었다. 일본문학의 대가 나가이 가후는 일본문화의 저속함을 비판하며 파리의 문화를 예찬했다. 무엇보다, 그녀 정신의 멘토, 요사노 아키코가 여자 혼자 몸으로 시베리아 횡단열차에 몸을 싣고, 파리로 건너가서 파리생활을 담은 서신을 신문에 연재하였다. 파리를 향한 나혜석의 열정이 강렬한 것은 당연한 일이었다. 파리는 서구 도시 중의 하나가 아니라 예술을 상징하는 유일한 공간이었으며, 이상향이었다.

파리를 향한 열망을 마음에 담고 있던 나혜석에게 김우영의 유럽 시찰 휴가는 절호의 기회였다. 일 년간의 외유에 드는 막대한 비용과 세 명의 아이를 맡길 곳이 문제라면 문제였다. 비용은 일본 천황이 그동안의 수고를 치하하며 내린 은사금이 있기는했지만 일 년간의 부부 동반 외유를 감당하기에는 가당치도 않았다. 과감하게도 집을 팔아서 나머지 비용을 마련한다. 귀국 후의 삶에 대한 계획, 일반적 사람들의 고려 대상이었던 안전한 미래를 위한 저축 따위 무시해버린 것이다. 아이 셋은 부산 동래의 시어머니에게 맡기기로 한다. 연로한 시어머니에게 세 명의 어린아이를 맡기고 일 년이나 외국 여행을 떠난다는 것, 지금도 그렇지만 당시 조선의 보수적 풍토에서는 상상하기 어려운 결정이었다. 그러나 개의치 않았다.

나혜석과 김우영은 경제적 측면에서도 관습적 측면에서도 상식을 벗어난 부부동반 구미 여행을 과감하게 선택한다. 부부가 유럽의 주된 체류지로서 파리를 정한 것에는 몇 가지 이유가 있었다. 김우영에게 제공된 휴가는 업무의 성격이 첨가되어 있었다. 그해 1927년 6월 20일부터 8월 4일에 걸쳐 스위스 제네바에서 미국, 영국, 일본 삼국 간에 해군 군비축소회의(Naval Conference)가 개최되고, 일제의 대외적 이미지를 위해 그 시기에 맞춰 영친왕 부부 내외의 유럽순방이 계획되었다. 게다가 바로 그 시기 파리에서는 세계 피압박민족 회의가 열리고 있었으며, 3·1운동 직후 상해로 몸을 피해 있던 스무 명이 넘는 청년 만세 운동 관련자들이 파리에 모여 조선 독립을 도모하고 있었다.

군비축소회담이란 것이 힘의 우위를 차지하기 위한 강대국 간의 또 다른 전쟁터였던 만큼 이 회담에 참석 중인 일본 입장에서는 신경이 곤두서는 것이 당연한 일이었다. 이런 상황에서 세계피압박민족회의 개최와 더불어 파리 체류 중인 조선인 혁명가 무리는 참으로 성가신 존재였다. 영친왕에게 일제지배의 정당성을 선전해줄 바람막이 역할을 맡기기는 했지만 그것만으로는 부족했다. 이 골치 아픈 상황의 조율을 맡길만한 최적의 인물이 김우영이었다. 그는 조선혁명가들의 신뢰를 얻는 인물이었다. 게다가 막 조선 총독을 사임하고 군축회의 일본 측 대표로 참석한 해군장군 사이토 마코토 입장에서도 자신이 직접 김우영의 안동현 부영사직을 찬성하고 친분을 가져왔던 만큼 그를 믿을 수가 있었다. 김우영은 한 마디로 일본제국의 외교관이면서 식민지 조선 지식인으로서 제국과 식민지의 중간지대에 위치한 자신의 위치를 절묘하게 잘 유지하는 사람이었다. 이 덕분인지 조선인 혁명가들의 시끄러운 소동 없이 군축회담은 마무리된다.

회담이 끝나자 김우영은 법 공부를 위해 베를린으로 건너간다. 젊은 시절 미국 유학을 꿈꿨지만 가난 때문에 일본으로 방향을 틀었던 그로서는 더할 나위 없는 기회였다. 나혜석은 남편과 함께 베를린으로 가는 대신 파리에 남는다. 그녀 여행의 목적은

'파리'였기 때문이다. 원래는 일 년간 파리에 머물면서 그림을 배우고 전시회를 열고 싶었지만 남편 권유에 따라, 유럽과 미국 일주로 계획을 바꾼 탓에 파리에서 머물 수 있는 시간이 길지는 않았다.

그래도 파리에 왔고 그곳에서 몇달 간이라도 머물 수 있다는 것, 그것만으로 충분했다. 파리를 꿈꾼 그날부터 현실의 파리에 도착하기까지 십 년이 훨씬 넘는 시간이 걸렸지만 그녀는 마침내 파리에 도착한 것이었다. 요사노 아키코의 『파리에서』를 통해 접한 그 파리에 나혜석 자신 역시 도착해있었던 것이다. 세월이 흘러서인지 여정은 달랐다. 나혜석과 요사노 아키코의 여정을 비교해보면 두 사람의 입장과 지위에 따른 다양한 차이가 나타난다.

현실이 무너지는 공간, 파리

요사노 아키코의 여정(1912)

오후 6시 도쿄 신바시역 출발(일요일. 5. 5.)-쓰루가 도착-러시아 상선 '아리욜 호' 탑승

블라디보스토크 도착(5. 8.)-시베리아 횡단 열차 탑승 부스리스크-하얼빈-러시아령 이르쿠츠크-키로프-우랄산맥(5. 14.)-모스크바 조선인 박 씨의 안내로 모스크바 관광(5. 17.)

바르샤바에서 환승(5. 18.)-남프랑스 마르세유 도착(5. 19.)

나혜석의 여정(1927)

오전 11시 부산출발(봉천행. 6. 19.) 오후 1시 대구 도착. 친지들 만남. 저녁 11시 대구 출발-새벽 4시 경성 도착(6. 20.)-저녁 11시 경성 출발(6. 22.)-안동현에 머무름. 저녁 11시 30분 안동현 출발(6. 26.) 봉천 저녁 7시 도착(오빠 나경석 집에서 휴식. 6. 27.)-하얼빈에서 저녁 8십 10분. 동지철도(1등실) 러시아와 중국 국경 만주리로 출발(7. 6.)-러시아와 중국 국경인 만주리 도착(7. 7.)-저녁 11시. 만주리 출발. 와고니 회사 만국 침대차에 환승(1등실)-만주리에서 여권 검사 후 기차는 소비에트 연방 영역. 광야를 거쳐-칼부이스카 역-치타역 도착-치타역-우엘네우진스크-바이칼호-그라스노야스크-타이가-옴스크-스베르들로프스크(7. 13.)-모스크바 도착(7. 13.)-모스크바출발(7. 16.)-오후 6시 바르샤바 도착(7. 17.) 오후 8시 파리행 열차에 환승-오전 9시 베를린 통과(7. 18.)-오전 파리 갸르 드 누아르 파리 북 역에 도착(7. 19.)

나혜석은 부산을 출발하여 총 34일, 한 달하고도 3일이 더 걸려서 목적지 파리에 도착한다. 15년 전 요사노 아키코가 일본 쓰루가 항을 출발하여 파리에 이르기까지 걸린 기간의 두 배 이상이 걸린 것이다. 요사노 아키코가 파리행을 감행한 그 시기에는 아직 만주지역을 관통하는 철도가 개설되지 않아서 그녀는 일본에서 배를 타고 블라디보스톡으로 가서, 그곳에서 시베리아 횡단

열차에 몸을 싣고 파리로 가야했다. 일본에서 배로 블라디보스톡까지 삼일이나 걸렸으니 수고롭다면 수고로운 일이었다. 이에 비하면 나혜석의 여정은 편했다. 이 수고로운 일 없이 대륙을 관통하는 열차에 몸을 싣고 중국 대륙을 가로질러 다시 시베리아를 횡단하면 파리였다. 그런데도 출발부터 도착까지 한 달이 넘는 시간이 걸린 것이었다.

곳곳에서 환송회가 열렸기 때문이었다. 어렵게 경비를 마련하여 여자 혼자 몸으로 기차 이등칸에 몸을 싣고 두려움 속에서 시베리아를 거쳐 파리에 도착했던 요사노 아키코와 달리 나혜석의 여정은 편안하고 호화로웠다. 가는 곳곳에서 수많은 사람들의 환송을 받았다. 부산에서 출발하여 대구에 내려 수십 명 친지들이 개최한 환송회에 참석하였다. 경성에서는 20여 명의 친우들이 명월관에서 환송회 만찬을 열어주고, 경성을 떠날 때는 50여 명이 이들 부부의 무사 귀환을 바라는 전송을 하였다. 그런가 하면 하얼빈에서도 20명이나 되는 사람들의 전송을 받으면서 만주철도에 몸을 실었다. 기차 일등석에 타서 많은 사람들의 환송회까지 받는 호화로운 여행을 경험할 수 있는 여성이 당시 조선에서 과연 몇 명이나 있었을까.

나혜석은 모든 조선 여성의 이상이었고 조선사회의 히로인이었다. 그녀의 삶은 언제나 존중과 갈채 속에 있었다. 조선 여성 누구도 시도하지 않았고 누구에게도 주어지지 않은 구미 일주 여행 티켓을 손에 쥔 순간 그 존중과 갈채는 절정에 달한다. 부산에서 출발해서 봉천까지 기차를 타고 가면서 곳곳에서 열렬한 지지와 축하를 받았으며 만주를 거쳐 시베리아를 지나 유럽에 이르기까지 그녀의 여정은 꿈과 같았다.

안동현 생활 6년 동안 겨우 터득해낸 '현실감' 혹은 '생활인'으로서의 감각이 이 여정을 거치면서 무너져내리고 있었다. 세 아이의 엄마이자, 흙바람 날리는 외지 안동현의 중년 조선여성의 삶에서 벗어나 조선 사회의 히로인으로 복귀하기 시작한 것이었다. 현실과 이상 혹은 환상의 경계선상에 위태롭게 서있던 그녀 삶의 균형감각이 여행을 계기로 점차 무너져 가고 있었다. 아울러 첫 아이를 임신한 상태에서 심리적 우울을 이유로 두 달간의 일본 체류를 남편으로부터 얻어내기도 했던 자기중심성, 즉흥성, 극심한 히스테리가 그녀 의식 깊은 곳에 묻혀있다가 조금씩 살아나고 있었다. 중국과 러시아의 국경지대인 만주리를 넘어 시베리아 횡단열차 일등칸으로 갈아탄 후 길고 지루한 시베리아 횡단을 함께 하면서 접한 동승의 일본 상류층과의 만남은 나혜석의 현실 감각을 더욱 무디게 만들 만했다.

> 만주리에서부터 동행인은 이러하였다. 귀족의원 노다(惱田) 씨(남미 브라질 행), 중의원(衆議院)직원 마쓰모토(松本) 씨(제네바 군축회의 출석차), 공학사 고도(後藤) 씨(독일 시찰차), 가토(加藤) 씨 일행 9인(흑해에 있는 군함 중에 있는 금궤를 건지러 가는 길), 안도(安藤) 의학박사 부인, 이(李) 씨 부처(런던 옥스퍼

드 대학 행), 너무 오랫동안 동행이 되니 모든 행동이 서로 익숙하여진다.(나혜석, 「CCCP」, 『삼천리』, 1933.2.)

시베리아 횡단열차 일등석에서 만난 일본인들은 '일등석'이라는 좌석에 걸맞게 부와 힘을 가진 사람들이었다. 그들의 부와 힘은 같은 일등석에 탄 나혜석 부부와는 비교도 되지 않는 것이었다. 그들에게는 세계를 향해 영역을 넓혀가던 일본제국의 힘이 스며있었다. 일본 자본으로 1900년대 초, 개설된 경부선 철도에 몸을 싣고, 러일전쟁에서의 승리로 일본이 얻은 남만주 철도로 갈아타, 지평선이 끝없이 이어지는 광활한 만주 대륙을 달리는 동안 그들은 거대한 일본제국의 힘을 확인하고 그 힘을 자신의 것으로 받아들이고 있었다. 부산에서부터 출발하여 만주지역에 이르는 동안의 춤추는 지평선 너머로는 언제나 일장기가 휘날리고 있었다. 남미 브라질, 제네바, 독일, 흑해 등 이들 일본인 동승자들의 목적지는 세계 전역이었고, 이는 일본제국의 목적지이기도 했다.

부산에서 유럽까지 철도가 이어져서 동북아시아와 유럽이 하나의 문화권으로 연결되는 새로운 시대가 열리고 있었지만 그 시대의 주역은 일본이었다. 중국도 러시아도 없었다. 중국의 북부 만주 지역은 이미 일본의 관할에 들어와 있었었고, 상해는 서구열강의 공동의 땅이 되어 있었다. 러시아는 내전으로 인해 초토화되어 있었다. 이제 겨우 유럽을 향해 첫발을 내딛는 가난한 식민지 조선의 엘리트 나혜석에게 이들 일본인의 모습은 자극이면서 상처이고, 부러우면서 딜레마일 수밖에 없었다.

사람들의 연이은 환대, 일본 상류층 인사들과의 만남, 유럽 여행의 기대감 등으로 들떠서 현실감을 상실해가고 있었지만 화가로서 그녀가 익힌 '실물 사생(寫生)'의 감각은 여전히 빛나고 있었다. 게다가 그녀가 아무리 주변 사람들의 존중과 환대를 받으며 '히로인'으로 살았다고 하더라도 그녀는 식민지 조선인이었다. 식민지라는 조선의 사회, 정치적 상황에서 기인한 상처가 마음 깊은 곳에 아물지 않은 채로 있었다. 조선에서 만주를 거치는 동안 '실물사생', 즉 주관의 개입 없이 사물을 있는 그대로, 객관적으로 묘사하는 화가로서의 감각과 피압막민족으로서의 상처가 연결되어, 1927년 동북아시아의 정치적 현실이 있는 그대로 그녀에게 포착된다.

이는 제국의 힘에 대한 자부심으로 가득 차, 외부세계를 '제국'이라는 프리즘을 통해 바라보는 일본인들에게는 불가능한 일이었다. 여기에서 다시 요사노 아키코의 시베리아 횡단기를 살펴보는 것도 좋다.

> 블라디보스톡을 출발한 수요일의 열차는 하나의 화물열차와 식당, 세 개의 객실 열차로 되어 있다. 내가 탄 것은 마지막 칸에 있는 열차로 두 사람이 들어가는 끝 방이어서 폭은 오 척이 못된다. 같은 방을 사용하는 승객은 없다. 유리창이 두 개 있다.(요사노 아키코, 『파리까지』, 1912.)

오후 2시 하얼빈에 도착했다. 플랫폼에 일본인이 서 있었는데, 나를 마중 나온 군지 씨였다. 전보를 받았다면서 사이토씨도 기다리고 있었다. "시베리아의 경치가 마음에 들겁니다."라고 했던 대련의 히라노 마리 씨도 와 있었다. 이토공이 저격당했다는 장소에 서서 군지 씨가 그날 눈앞에서 본 이야기를 하는 것을 들었다.(요사노 아키코, 『파리까지』, 1912)(青空文庫, 2017.)

요사노 아키코의 파리행은 치열한 노력 끝에 얻어낸 것이었다. 먼저 파리 특파원으로 건너가서 파리의 문화를 경험하고 있던 남편의 권유가 있기는 했지만 4개월간의 파리행을 위한 현실적 준비는 모두 요사노 아키코의 몫이었다. 7명이나 되는 아이를 맡길 곳을 찾고, 그 아이들이 4개월간 지낼 생활비, 여행비를 마련하는 것은 요사노 아키코가 해결해야 할 문제였다. 소설가 모리 오가이의 주선으로 미쓰코시 백화점의 후원을 받고, 신문 및 잡지에 전통시를 싣는 조건으로 경비를 마련한다. 이로 인해 예술문화를 상품으로 판 행위에 대한 극심한 사회문화적 비판을 받기도 한다. 그리고 여행 동안에는 가능한 한 돈을 절약하기 위해서 모닝 빵과 커피 한 잔으로 이틀을 견디는가 하면 여행 중 갑자기 돈이 떨어져서 일본 영사관을 통해 지인에게 연락해서 돈을 조달받기도 한다. 일본 제1기 신여자 그룹이 주창한 '여성 사상의 독립과 경제적 자립'을 몸소 실현해 보인 것이다.

조선의 신여성 나혜석의 여정에는 일본의 신여성 요사노 아키코가 지닌 경제적 자립을 찾아보기가 어렵지만 피압박민족인 식민지인이라는 실존적 상황, 여기에 여자사립미술학교에서 배운 '객관적 묘사'의 힘이 더해져서 나혜석은 동북아시아의 새로운 정치적 지형을 자신도 모르는 사이에 읽어내고 있었다. 사실묘사, 즉 기록의 힘이 발휘된 것이다. 나혜석이 묘사하는 하얼빈은 요사노 아키코가 파악한 하얼빈과는 달랐다. 요사노 아키코는 '일본제국'이라는 '관념'을 통해서 하얼빈을 본 탓에 동서문화가 융합되어 있던 특수한 도시 하얼빈을 포착하지를 못했다. 그녀에게 하얼빈은 메이지유신의 공신 '이토 공', 즉 이토 히로부미가 조선인 안중근에 의한 암살당한 비운의 장소로서만 파악된다.

이에 반해서 나혜석이 묘사하는 하얼빈은 실재하는 하얼빈, 즉 하얼빈 그 자체였다. 그녀는 자신의 눈에 비친 하얼빈 세부 풍경을 실물 스케치를 하듯 글로서 묘사한다. 인도인이 등장하는 하얼빈 극장 풍경, 하얼빈 주부의 일상 풍경, 러시아 정교의 십자가가 선 납골당과 중국식 극락전으로 나누어진 공동묘지 풍경, 감정이입 없이 건조하게 정리된 풍경 묘사를 읽고 있으면 누구건, 동서문화가 융합된 하얼빈이라는 도시의 정체성을 정확하게 파악할 수 있게 된다. 나혜석은 하얼빈에서 '이토 히로부미의 죽음'만 보고 있던 요사노 아키코와 달리, '하얼빈'이라는 도시의 역사와 사람들의 삶을 본다. 식민지인이라는 약자로서의 상처가, 그리고 실물을 그대로 도화지에 옮기던 화가로서의 훈련이, 나혜석의 눈과 손이 되어 약자의 역사와 고통을 정확하게 포착해서 글로 만들어낸 것이다.

부산에서 만주리(만저우리)까지

부산서부터 신의주까지는 정거장마다 흰 정복에 빨간 테두리 정모 쓴 순사가 하나씩 둘씩 번쩍이는 칼을 잡고 서서 혹시나 그들의 이르는바 불령선인(不逞鮮人)이 오르내리지 않는가 해서 주의하고 있는 것을 보았습니다. 안동서 장춘까지는 누런 복장에 붉은 줄 두세 오리를 띤 누런 정모를 쓴 일본 만철(滿鐵) 지방 주임 순사가 피스톨 가죽 주머니를 혁대에 매어 차고 서서 이것이 비록 중국 땅이나 기차 연선(沿線)이 만철 관할이란 자랑과 위엄을 보이고 있습니다. 장춘서 만주리(滿洲里)까지는 검은 빛 나는 회색 무명을 군데군데 누벼 복장으로 입고 어깨에 다는 삼등군졸의 별표를 붙이고 회색 정모를 비스듬히 쓰고 칼을 질질 끌리게 차고 곧 가슴이라도 찌를 듯이 창검을 빼들고 멍하니 휴식하고 서 있는 중국 보병이 기차가 도착할 때와 떠날 때에는 두 발을 꼭 모아 기착(氣着)을 합니다.(나혜석, 「구미시찰기」, 『동아일보』, 1930.4.3-4.10.)

하얼빈

하얼빈은 북으로 구로(歐露: 유럽과 러시아) 및 유럽 각국으로 통하여 세계적 교통로가 되어 있고, 남으로 장춘과 속(續)하여 남만주 철도와 연락한 곳으로 세계인의 출입이 부절(不絶)하고 러시아 혁명 이후 구파 즉 백군파가 망명되어 이리로 다수 집합하게 되었다.(나혜석, 「구미시찰기」, 『동아일보』, 1930.4.3-4.10.)

시베리아

시베리아 아전(雅典)이라고 하는 타이가를 지나 정치 경제 중심지인 노보시비르스크를 떠나 옴스크에 도착하였다. 이 부근에는 쓰러진 소옥(小屋)과 차륜(車輪)이 많이 있어 혁명 당시 참극(慘劇)의 적(跡)을 볼 수 있다.(나혜석, 「구미시찰기」, 『동아일보』, 1930.4.3-4.10.)

제국의 힘에 취해 현실을 보지 못한 것은 요사노 아키코만이 아니었다. 나혜석이 대륙을 가로질러 유럽에 도착한 바로 다음 해 다니 조지라는 필명의 일본 작가가 나혜석과 같은 경로 즉, 부산에서 기차로 만주를 가로질러 시베리아를 거쳐 유럽에 도착한다. 그도 요사노 아키코와 다를 것이 없이 제국의 우월함을 끊임없이 바라보고 있었다. 식민지 땅을 지나면서 철도 관사 위로 펄럭이는 제국의 깃발만 쳐다보고, 그 풍경을 여행기 『춤추는 지평선』에 담고 있다. 점령당한 자의 우울한 삶과 역사가 그의 눈에는 보이지 않았기에 글로도 나타나지 않았던 것이다.

나혜석이 대륙을 가로질러 유럽에 도착한 1927년, 폐쇄되었던 시베리아와 서유럽을 연결하는 철도가 다시 개통된다. 1917년 러시아 10월 혁명 이후, 적군과 백군이 서로 충돌하는 시베리아 내전이 일어나고 일본을 비롯한 영국, 미국 등 서구 열강은 러시아에서의 이권을 차지하기 위해서 군대를 파병하는데 이 과정에서 시베리아와 서유럽을 잇는 철도도 폐쇄된다. 러시아 내부 상황 및 국제적 여론에 따라 미국과 영국이 철병하고, 1922년 일본 역시 이 년을 버티다가 철병하면서 시베리아 내전도 마무리된다.

이에 1927년 러시아는 시베리아와 서유럽 간의 철도를 다시 개통하는데 나혜석은 시베리아 내전으로 인해 폐쇄되었다가 재개된 바로 그 열차를 타고 유럽으로 달려간 것이다. 열차 속에서 그녀는 당시 세계사의 흐름을 정확하게 포착해낸다. 나혜석과 같은 시기 일본작가 다니 조지가 부산에서 출발해서 장춘까지 일본제국이 건설한 철도를 타고 일본제국의 땅을 달리면서 일본제국의 힘을 느낀 것과 달리, 식민지 조선인 나혜석은 조선과 만주를 넘어 유럽을 향하고 있던 일본의 광포하고도 무서운 힘을 안타깝게 바라보고 있다. 이 힘을 나혜석은 '피스톨 주머니를 차고 자랑과 위엄'을 보이고 있는 만철 지방의 일본 순사와 '군데군데 누빈 복장으로 멍하니 휴식을 취하고 있는' 중국인 보병을 대비, 묘사하면서 사실적으로 전달하고 있다.

6. 삶의 절정이자 파국이 이루어지는 공간, 파리

파리에서 최린을 만나다

나혜석 김우영 부부는 1927년 7월 19일 프랑스 최대의 역, 파리 북역(Gare du Nord)에 도착한다. 나혜석 부부를 위해서 독일 유학생 안재학과 프랑스 유학생 이종우가 마중 나와 있었다. 두 사람은 이미 조선에서부터 형님, 동생하던 술친구로, 의기투합해서 함께 조선을 떠나 유학을 와 있었다. 안재학은 언론인이자 독립운동가인 안재홍의 동생으로 교토대학을 거쳐, 독일 베를린대학에서 양조학을 공부하고 있었다. 이종우는 나혜석보다 세 살 아래로, 도쿄미술학교를 졸업한 후 조선인 최초로 파리에 유학하여 미술을 배우고 있었다. 그해 가을 이종우는 오랜 역사를 지닌 프랑스 최대의 미술전람회 살롱 도톤느에 두 점의 그림을 출품하여 입선하는 쾌거를 이룬다. 나혜석이 미술을 전공한 그 순간부터 꿈꾸던 일이었다. 파리에서 나혜석은 이종우를 통해 꿈이 현실이 되는 것을 보고 있었다.

파리에 도착한 후, 한동안은 '그림'은 커녕, 길을 익힐 여유조

사진 15 | 나혜석의 파리 시절(헤어스타일, 복장 모두 유럽 스타일로 하고 있음)(수원시립미술관소장)

차 없을 정도로 바쁜 날이 이어진다. 군축회담 참관 때문이었다. 일단, 나혜석 부부는 짐을 풀고, 며칠 휴식을 취한 후, 곧장 군축회담이 열리는 제네바로 건너간다. 파리에서 열두 시간 남짓 걸려 제네바에 도착한 그날부터 이들 부부에게는 축제와 같은 날이 시작된다. 밤에는 거리 곳곳의 레스토랑에서 울려나오는 관현악을 들으면서 수십 개의 전등불 빛이 반사되는 호수 표면을 바라보았다. 그리고 낮에는 레만호를 순회하는 유람선에 몸을 싣고 관현악을 들으며, 초여름 태양빛이 흐르는 호수를 바라보기도 했다.

'행복한 운명에 감사'드리고 싶다는 말이 저절로 나올 만큼 더할 나위 없이 충만한 날들이었다. 꿈이자, 이상이며, 상처이자, 적이었던 일본이란 나라도 그곳에서는 별것 아닌 것으로 느껴졌다. 제네바에서 며칠을 보내어 보니 유럽문화와 비교하면 일본이나 조선이나 거기에서 거기처럼 느껴지기 시작했다. 긴 세월 나혜석을 옭아매고 있던 일본에 대한 콤플렉스가 일순 치유되고 있었다.

> 단발을 하고 양복을 입고, 빵이나 차를 먹고 침대에서 자고 스케치 박스를 들고 연구소(아카데미)를 다니고, 책상

에서 프랑스말 단자(단저)를 외우고 때로은 사랑의 꿈도 꾸어 보고 장차 그림 대가가 될 공상도 해보았다. 흥 나면 춤도 추어보고 시간 있으면 연극장에도 갔다. 왕전하와 각국 대신의 연회석상에도 참가해보고 혁명가도 찾아보고 여자 참정권론자도 만나 보았다. 프랑스 가정의 가족도 되어 보았다. 그 기분은 여성이요, 학생이요, 처녀로서이었다. 실상 조선여성으로서는 누리지 못할 경제상으로나 기분상 아무 장애되는 일이 하나도 없었다. 태평양을 건너는 뱃속에서 조차 매우 유쾌히 지냈다.

그러나 요코하마에 도착되는 때부터 가옥은 마뭇간 같고, 길은 시구렁(시궁창)같고 사람들의 얼굴은 노랗고 등은 새우등같이 꼬부라져 있다. 조선 오니 길에 먼지 뒤집어 씌우는 것이 자못 불쾌하였고 송이버섯 같은 납작한 집 속에서 울려 나오는 다듬이 소리는 처량하였고 흰 옷을 입고 시름없이 걸어가는 사람은 불쌍하였다. (나혜석, 「아아, 자유의 파리가 그리워」, 『삼천리』, 1932.1.)

게다가 냉정하게 말해서, 김우영은 부영사라는 직함을 가지고 있기는 했지만 조선인인데다가, 변방 지역 관할이어서 외교관으로서 제대로 대접받아본 일이 거의 없었다. 그러나 군축회담이 열리는 제네바에서는 달랐다. 그는 군축회담의 실제 참가국 중 하나인 일본제국의 외교관이었다. 일본 최고위층의 인물들이 군축회담 참석, 혹은 참관을 위해 제네바로 몰려와 있어서 조선에서는 얼굴을 마주하기조차 어려운 일본 최고위층의 인물들과 함께 식사를 하며 환담을 나누기도 한다. 안동현에서는 외교관 부인이라고는 해도 조선인들 뒷바라지가 전부였다.

이곳에서 나혜석은 처음으로 외교관 부인으로서의 위치와 역할을 만끽한다. 군축회담 일정에 맞춰 제네바에 도착한 영친왕을 위해 사이토 총독이 개최한 연회에 참석해서 군축회담의 영국 대표와 미국대표 사이에 앉는 영광도 가져본다. 그리고 남편덕분에 군축회담 참관 자격을 얻어, 회담과정을 방청하는 특권도 누린다. 일본인과는 물론 미국, 영국인과도 동등한 위치에 있었다. 제네바에서 반달이 넘는 시간을 보내면서 나혜석은 식민지 조선인, 세 아이의 엄마, 한 남자의 아내로서의 자신을 잊어가고 있었다.

등교하기 위해 기쿠자카 언덕을 오르던 중 일본학생들 앞에서 진흙탕에 미끄러져서 수치와 긴장감으로 꼼짝도 못하고 서있던 조선인 여학생으로서의 기억도 그녀 머리에서 사라졌다. 그리고 조선인 혁명가들의 총을 숨겨주던 민족주의자로서의 기억도, 아이들 뒷바라지에 지쳐있던 세 아이의 엄마로서의 기억도 모두 사라져갔다. 대신에 여성, 학생, 처녀로서의 감각이 마음속에서 되살아나고 있었다. 자신을 짓누르고 있던 무거운 의무감, 민족적 콤플렉스를 떨쳐내고 대신 그 자리를 달콤한 환영으로 채워갔다. 위험하기 그지없는 감각이었다. 제네바라는 공간이 만들어낸 축제의 날들이 그녀 마음에 잠재워져 있던 욕망, 꿈을 불러내고 있

사진 16 | 1927년 운행이 재개된 시베리아 횡단열차. 나혜석과 김우영 부부는 이 열차를 타고 유럽으로 갔다. 이 시기 시베리아 횡단열차에는 더운 물과 찬 물이 나왔으며, 2인이 잘 수 있는 침대칸이 있었다.

었었다. 그러나 축제는 축제일뿐이고, 환영이 현실이 될 수는 없는 일이었다.

나혜석과 김우영은 제네바 군축 회담이 끝나고, 한 달 정도 벨기에, 네델란드 등을 여행한다. 그리고 파리로 돌아와 김우영은 법학을 공부하기 위해서 베를린으로 가고, 나혜석은 파리에 남는다. 외교관 부인으로서의 공무가 끝나고 남편도 떠나고, 이제 온전히 그녀만의 시간이었다. 말도 통하지 않고, 파리 지리에 익숙하지도 않았지만 이종우가 있어서 큰 문제가 없었다. 이종우는 파리에 머문 지 일 년이 되어서 그럭저럭 말도 통하는데다가, 러시아 출신의 화가가 연 사실주의 화풍의 연구소에 다니고 있던 중이었다. 당시 파리에서는 일본인 화가 후지타 쓰구하루가 일본 전통 풍속화인 우키요에(浮(き)世絵)와 서구적 화풍을 융합시킨 그림을 최대 미술 전람회 '살롱 도톤느' 출품하여 극찬을 받고 있었다. 나혜석은 후지타 쓰구하루와 이종구에게 쏟아지는 파리 화단의 갈채를 보고 있었다.

> 독일에서도 비슷하지만 월50원 정도면 공부할 수 있었다. 불화로 환산하면 돈값이 떨어져 6백「프랑」. 방값은 1백50「프랑」이면 되고 밥값이 2백「프랑」, 나머지로 겨우 학자금이 됐다. 그런데 나는 3개월에 1천 원의 송금을 받았으므로 그리 군색할 것이 없었다. 내가 새낸 방은「아틀리에」가 40실이 나 있는 빌딩의 한 방으로, 5백「프랑」에 월세 들어 있었다. 비싼 술은 마시지 못할지라도「녹담빌」이라는 철야술집에서「코냑」을 마실 처지는 됐다.「베를린」의 안재학씨는 가끔 와서 회포를 풀고 갔다.(이종우, 「양화초기」, 『중앙일보』, 1971. 8. 30.)

파리 화단의 인정은 세계화단의 인정이었다. 후지타 쓰구하루도 이종우도 해낸 일을 나혜석이 못할 이유는 없었다. 꿈이 현실이 될 수 있는 일이었다. 나혜석은 파리 체류가 안정되자 곧 야수파 화가 로제 비시에르가 지도하는 '아카데미 랑송'에 다니면서 그림 공부를 시작한다. 이종우 덕에 야수파, 입체파, 추상미술 등 전위예술이 주류를 이루고 있던 파리 화단의 분위기를 빨리 간파해낼 수 있었지만 최종적으로 야수파 화가의 연구소를 선택한 것은 나혜석의 결정이었던 듯하다. 오랜 꿈을 이루기 위한 준비가 착착 진행되고 있었다. 그해 10월 이종우의 방에서 열린 환영회에서 최린을 처음으로 만나기 전까지는 적어도 그랬다.

이종우는 평양부호의 아들로, 아버지의 아낌없는 후원 덕분에 넉넉한 유학생활을 보내고 있었다. 화가들의 아뜰리에가 모여있는 큰 빌딩에 방을 얻어서, 수시로 카페에서 코냑을 마실 수 있을 정도로 생활이 여유로웠다. 이 시기 파리에는 조선인이라고 해봐야, 모두 합해서 채 서른 명도 되지 않았다. 파리의 조선인들은 수시로 이종우의 아뜰리에에 모여서 갈비탕을 끓여 먹으며 이국의 향수를 달랬다. 이종우의 아뜰리에는 1920년대 파리의 조선인들의 사랑방이었던 것이다. 파리에 도착한 최린의 환영회도 당연히 여기에서 열렸고, 이종우와 친분이 깊은 나혜석도 이 환영회에 참석했다.

나혜석 서른두 살, 최린 쉰 살이었다. 파리의 낭만적이고도 자유로운 공기가 두 사람을 감싸고 있었다. 게다가 무거운 책임감에서 벗어난 편안함 내지는 나른함이 두 사람의 전신을 휘감고 있었다. 당시 최린은 조선 최대 종교 천도교의 지도자라는 입장으로 구미시찰 중이었다. 일본에서 배를 타고 미국에 도착하여 미국을 돌아보고는 유럽으로 넘어가, 벨기에에서 개최된 '세계 피압박 민족회의'에 참가한 후, 막 파리에 도착한 참이었다. 파리 주재 조선 독립운동단체 '조선인 친우회' 및 조선 독립을 돕고 있던 프랑스인 샬레를 만나는 것이 파리 방문의 주된 목적이었다.

중국 상해의 프랑스 관할지에 대한민국임시정부가 수립된 이래 파리는 조선 독립운동가들의 주요 거점이 되고 있었다. 1919

년 1월부터 6월에 걸쳐, 1차세계대전의 전후 처리를 위해 파리에서 강화회의가 개최되고 대한민국 임시정부는 조선 독립을 호소하기 위해 강화회의에 대표단을 파견한다. 이들 대표단은 파리의 조선 청년혁명가들과 함께 파리의 '조선인 친우회'를 결성하고, 잡지 『자유조선』을 발행하여 파리의 지식인들에게 조선 독립지원을 호소하는 등 다양한 행동을 전개한다. 이 모든 움직임의 중심에 세계인권옹호회 부회장을 맡고 있는 프랑스인 펠리시앙 로베르 샬레가 있었다.

펠리시앙 샬레의 집에서 파리의 일상을 맛보다

펠리시앙 로베르 샬레는 아나키즘의 한 영역인 혁명적 생디칼리즘에 관한 책을 출판하는가 하면 강대국의 군비확장 반대모임에 참가하는 등, 진보적 사상을 지닌 인물이었다. 오랜 기간 일본문화에 심취해있었으나, 3·1운동의 인권조사차 조선을 방문한 것을 계기로 일제에 비판적 입장을 취하게 된다. 이후 그는 파리의 '조선 친우회'사무국장을 맡는가 하면 잡지 『자유조선』 창간호에 인권을 옹호하는 단체 발표문을 게재하는 등 조선 독립을 지원해오고 있었다. 최린이 벨기에에서 개최된 '세계 피압박 민족대회'에서 연설을 할 수 있었던 것도 샬레의 덕분이었다. 펠리시앙 로베르 샬레는 조선의 민족지도자 최린이 조선 독립을 위해 반드시 만나야 할 사람이었다.

최린은 1927년 10월 27일 파리 외곽지에 위치한 샬레의 집을 방문하는데 여기에 나혜석을 동반한다. 최린이 이종우의 아뜰리에에서 나혜석과 처음 만난 것이 대략 10월 10일 경. 만난 지 반달 만에 주요 인사와의 첫 만남 자리에 나혜석을 동반한 것이다. 파리대학에 유학 중이던 천도교도 공진항이 함께 동행하기는 했으나 통역 담당이라는 나름의 역할이 있었다. 파리에는 대략 삼십여 명의 조선인이 있었고, 그들 중 상당수가 조선 독립에 관여하고 있던 청년 혁명가들이었다. 그들을 두고, 나혜석과 동행하여 샬레의 집을 방문할 정도로 최린과 나혜석은 급격하게 서로에게 몰입해가고 있었다. 이 방문에서 나혜석은 샬레의 집 하숙 기회를 얻게 된다.

샬레의 집은 파리 샹젤리제 역에서 전철로 25분 거리의, 별장이 밀집해있던 시외 부촌에 있었다. 월계수, 작약, 등꽃이 피어있는 정원과, 작은 채소밭을 지나 집으로 들어가면 세계여행 기념품으로 채워진 현관이 있고, 현관을 지나면 거실과 식당이 있었다. 이 층으로 올라가면 부부 침실과 두 명의 아이들이 각각 사용하는 방이 있었다. 이 층 한쪽 방에 머물면서 나혜석은 프랑스어를 공부하는 한편, 평일에는 전철을 타고 파리의 랑송 아카데미에 다니며 미술을

사진 17 | 이종우의 살롱 도톤느 출품작 「인형이 있는 정물」(1927)(『설초 이종우화집』, 동아일보사, 1974.)

공부했다. 이방인으로서의 본원적 외로움조차 낭만적으로 느껴질 정도로 평화롭고, 평온한 날들이었다. 샬레의 가족들은 검소하고, 성실하며 예의 바른 사람들로, 말이 통하지 않는 이방인 나혜석을 가족처럼 대하며 진심 어린 호의를 베풀어주었다. 저녁에는 거실에 앉아 샬레 딸의 피아노 연주를 듣거나 샬레 가족들과 함께 춤을 추었다.

> 저녁밥 후에는 혹 정원으로 산보도 하고, 혹 피아노를 치고 춤을 추기도 합니다. 나도 주인이나 부인과 짝하여 춤을 추고 좋아하면 주인 부부는 퍽 좋아합니다. 또는 라디오를 듣기도 하가다가 부인이 시계를 보고 "시간이다"하면 딸들과 나와 아들은 주인 부부에게 키스로 인사하고 다 각각 방으로 돌아가고 부부는 서재실에 남아있습니다. 하룻저녁은 궁금하기에 부엌에 물을 떠먹을 가는 체하고 서서 보았습니다. 부부는 비둘기같이 앉아서 무슨 이야기를 그렇게 속살거리는지 재미가 깨가 쏟아질 듯하였습니다.(나혜석, 「다정하고 실질적인 프랑스 부인」, 『중앙』, 1934. 3.)

샬레의 집에서 나혜석은 하루하루 똑같이 반복되는 일상을 보낸다. 그 일상에는 군축회담 시기의 화려한 연회도, 레만호의 유람선 위에서 듣는 멋진 관현악 연주도 없었다. 프랑스식 아침을 먹은 후 전철을 타고 파리에 나가 미술을 배우고, 오후에는 한적

한 교외의 집으로 돌아와서 샬레 가족들과 식사를 하는 평범한 나날이 전부였다. 그러나 이 평범한 일상은, 화려한 연회에서 연회로 이어지던 축제의 나날 이상으로 나혜석을 뒤흔들고 있었다. 독립적인 아이들, 자애로운 부모, 서로 존중하고 사랑하는 부부. 샬레 가족의 모습은 프랑스에서는 보편적이었을지 몰라도 전근대적 가족제도 속에 있다가 프랑스로 건너온 지 얼마 되지 않는 조선인에게는 비현실적일 정도로 이상적이었다. 나혜석은 샬레의 집에 하숙하면서 이상적인 가족의 일상을 공유해갔다.

꿈같은 날이 며칠간 반복되고 그 날들이 마침내 일상이 되면서 나혜석은 지금 자신이 경험하고 있는 이 시간이 여행의 일부, 즉 비일상의 시간이라는 것을 의식적으로건, 무의식적으로건 잊어갔다. 랑송 아카데미에 미술을 배우러 다니면서 그녀는 도쿄 유학시절, 막 미술 공부를 시작하던 열여덟 살의 자신과 만나고 있었다. 세 명이나 되는 아이를 둔, 서른둘 중년의 여자 나혜석은 어느 틈엔가 지워지고, 화가로서의 화려한 미래를 꿈꾸는 여학생이면서, 낭만적이고 열렬한 사랑을 원하는 순수한 처녀이자 여자인 나혜석이 그곳에 있었다. 감성적으로도, 정신적으로도 자유로웠다. 나혜석이 여자로서, 학생으로서 다시 살아나고 있던 그곳 파리에 마침 최린이 있었다. 그 역시 나혜석처럼 무거운 일상에서 잠시 벗어나 휴식을 취하러 와있었다.

나혜석과 최린은 10월 중순, 이종우의 아뜰리에에서 처음 만난 이래, 12월 중순, 최린이 이태리로 떠날 때까지 서로에게 몰두

한다. 가을에서 겨울에 이르는 두 달 동안, 때로는 통역을 맡은 공진항을 끼워서, 또 때로는 둘이서만 파리의 여기저기를 돌아다니면서 꿈같은 시간을 보낸다. 물랭루주에서는 은사로 짠 옷을 걸친 반라 여자들의 춤을, 자색 우단과 금색 조각으로 장식된 극장, 고몽팔레에서는 활동사진을 구경한다. 천 년 역사의 궁전을 개조한 클뤼니 박물관에서는 13세기에 유행한 여성 정조대의 모형을 본다. 몽마르트에서 판테온으로 루브르 박물관에서 루브르 미술관과 뤽상부르 미술관으로 쉼 없이 옮겨 다니면서 나혜석은 최린과 함께 가을과 겨울의 파리를 만끽한다. 두 사람은 만난 지 한 달 좀 더 지난, 11월 20일 오페라를 관람한 후 두 사람은 나혜석의 숙소인 셀렉트 호텔에서 함께 첫 밤을 보낸다. 나혜석과 최린은 그렇게 그해 연말까지 함께 한다.

열정의 끝, 파리를 떠나며 여행도 끝나다

1927년이 끝나가고, 나혜석은 남편과 연말을 보내기 위해 베를린으로 간다. 그곳에서 남편과 함께 연말을 보내고 새해를 맞는다. 이 시기의 베를린은 유럽 모든 곳이 그렇듯 크리스마스, 연말, 새해가 함께 이어져서 연일 떠들썩했다. 가게마다 크리스마스와 새해 선물을 사려는 사람들로 북적였고 거리 곳곳에서는 쉴 새 없이 음악이 울려나왔다. 오전 열두 시, 새해가 시작되자 동네의 모든 집 유리 창문이 열리고, 사람들이 색종이를 던지며 함께 새해를 축하하는 모습을 나혜석은 담담하게 바라본다. 그리고 남편과 함께 시내 중심지로 나가 발 디딜 틈 없이 모여든 사람들 틈에 섞여서 처음 맞는 유럽의 새해 풍경을 구경한다. 거리바닥에는 사람들이 끊임없이 뿌려댄 색종이들이 쌓여있었고, 여기저기에서 높은 고깔 형태의 모자를 쓴 사람들이 팡파르를 울리거나, 북을 치거나, 노래를 하였다. 서로 모르는 사람들끼리 거리낌 없이 축하 키스를 나누었다.

축제였다. 모두가 행복한 마음으로 새로운 해를 축하하고 있었다. 점잖고, 과묵한 성격의 김우영까지 이 분위기에 휩쓸려, 모르는 낯선 사람에게 새해 축하 키스를 건네는 장난기를 발휘할 정도로 흥분되어 있었다. 그러나 왠지 나혜석은 이날의 풍경을 기록하면서 '적막'과 '슬픔(哀懷)'이라는 단어를 쓰고 있다. 오로지 나혜석, 그녀만 이 행복한 사람들 틈에서 '소리 없는 한숨이 목구멍'을 감도는 슬픔을 느끼고 있었다. 누구에게도 말할 수 없고, 누구의 동의도 얻을 수 없는 위험한 사랑에 빠진 것이었다. 그 위험한 사랑 때문에 유럽 여행을 시작한 이래, 처음으로 현실과 마주하고 있었다. 자신의 현실은 세 명의 아이들이 있는, 먼 고국에 있었으며, 그녀의 몸이 있는 이곳, 베를린 혹은 파리는 환영의 세계라는 것. 나혜석은, 환상과 현실, 일상과 비일상의 경계를 처음으로 명확하게 인식하고 있었다.

> 그리고 두 사람은 그들의 흥겨워 노는 것을 옆으로 버려두고 집으로 돌아올 때는 어디서 온지 알 수 없는 적막과

애회가 머리 속을 채웁니다. 고국의 쓸쓸한 풍경을 그려보는 때 소리 없는 한숨이 목구멍을 감돕니다.(나혜석, 「베를린의 그 새벽」, 『신동아』, 1933. 1.)

새해가 시작되자 나혜석은 곧장 파리로 돌아간다. 나혜석이 파리에 도착하고 며칠 되지 않아 최린이 여행 일정에 따라 스위스로 출발하며 두 사람의 위험한 사랑도 그럭저럭 끝을 맺고 있었다. 최린은 스위스에서 이탈리아로, 다시 오스트리아로 그렇게 유럽 여러 나라를 둘러본 후, 그해 3월 모스크바에서 시베리아 횡단열차를 타고 조선으로 귀국했다. 최린이 독일을 여행하던 1월 중순 무렵, 두 사람은 독일의 쾰른에서 잠시 재회를 하지만 최린은 '시찰'이라는 일정을 소화해내어야 했고, 나혜석은 남편이 있었으므로 그 재회가 별다른 의미는 없었던 듯하다. 최린이 떠나고 난 후에도 나혜석은 남편이 있는 베를린으로 가지 않고 원래의 계획대로 계속해서 파리에 남는다. 아카데미 랑송에 다니면서 그림에 몰두한다.

베를린에 체류 중인 남편을 만나서 봄의 이탈리아와 늦여름의 스페인을 며칠씩 둘러본 것을 제외하면 구월 십 칠 일 미국으로 출발하기 이전까지는 줄곧 파리에 있으면서 그림에 몰두했다. 그렇게 파리에서 봄, 여름을 맞고는 가을이 시작되는 구월 중순, 미국 배 마제스틱 호를 타고 뉴욕으로 향한다. 시베리아 횡단 열차에 몸을 싣고 파리 북역(北驛)에 도착한 것이 1927년 7월 19일이었으니, 일 년하고도 이 개월을 파리에 머문 것이다. 물론 일 년 이 개월 중, 여러 날을 스위스, 스웨덴, 덴마크, 이탈리아, 영국, 스페인 등의 유럽 여러나라로 여행을 떠나기는 했지만 체류지는 파리였다. 유럽 여러 나라들로의 여행이 끝나면 언제나 파리로 돌아왔다. 파리는 집과 같은 곳이었다.

일 년이 넘게 외국 여행을 하면서 여기저기를 돌아다녀서 육체적으로 힘들어진 탓일까. 아니면 유럽 체류의 반밖에 안 되는 체류 기간 때문일까. 미국 여정을 다룬 기록은 아주 간결하다. 원래 '실물사생', 즉 사물을 그대로 묘사하는 화가로서의 습관에 따라 나혜석의 여행기 역시 그날그날의 일과 자신이 본 풍경을 요지 중심으로 객관적으로 기록하는 형태를 띠고 있었다. 감정이 가능한 배제된 건조한 시선 유지가 글쓰기의 특징이었다. 이러한 글쓰기 습관이 미국 여행기에서는 더욱더 강하게 나타나고 있었다. 분량 면에서도 미국 여행기는 유럽 여행기와 비교가 되지 않을 정도로 짧았다.

• 블랙파크

시외에 있는 공원이니 안에 동·식물원이 있다. 지우 1인으로 더불어 1일을 유쾌히 산책하였다.

• 파라마운트 활동사진관

이 활동사진관은 인원 수용되기와 건물로 세계 제일이

란다. 내부치장이란 형언할 수 없이 좋았고, 규모가 컸다. 파라마운트사제 영화를 세계 각국에 파급되는 바다.

• 자유신

이것은 바로 뉴욕항구 입구에 세운 여동상이니 충천에 높이 서 있다.(나혜석, 「파리에서 뉴욕으로」, 『삼천리』, 1934. 7.)

미국여행기는 단독여행기가 아니라 파리를 떠나 미국에 이르기까지의 여정을 담은 기록, 혹은 미국 여행을 끝내고 조선에 귀국하기까지의 여정을 담은 기록 중 한 부분으로 나올 뿐이다. 심지어 구미여행 전체를 개괄한 기행문 「구미시찰기」 경우, 제목에는 '구미(歐美)'즉, 유럽과 미국이라고 써두고, 미국관련 내용은 한 줄도 없다. 나혜석은 일 년 팔 개월의 여행기간 중, 유럽에서 일 년 이 개월, 미국에서 육 개월을 보낸다. 유럽 체류 기간이 미국 체류기간의 두 배일 정도로 길어 기록도 많은 것이 당연하지만 미국체류 육 개월의 기록은 허술하기 그지없다. 나혜석 마음에서 구미여행은 유럽 여행에서 이미 끝나고 있었던 것이다.

나혜석이 여행한 때 미국은 제1차 세계대전 여파로 불황 속에 있던 유럽과 달리 세계의 중심으로 부상하고 있었다. 대형 여객선을 타고 대서양을 건너, 미국 뉴욕에 도착한 후, 미국 주요 지역을 돌아보는 육 개월의 여정이 재미없을 리가 없었다. 유럽처럼 오랜 역사적 전통과 예술적 분위기는 부족했다고 해도 미국에는 나름의 새로운 문화가 있었다. 영화관에서는 찰리 채플린의 무성영화가 상영되고 있었다. 브로드웨이 극장에서는 유진 오닐, 테네시 윌리엄스, 아서 밀러 등 희곡작가들의 작품이 공연되는가 하면 최초의 뮤지컬 〈쇼보터(Show Boat)〉가 공연되어 대중들의 인기를 끌고 있었다. 새로운 기술력을 활용한 화려한 대중문화가 전개되고 있었지만 나혜석은 이에 대해서는 한 줄의 기록도 남기지 않는다.

뉴욕 항구에는 시카고대학에 유학 중인 김마리아, 컬럼비아대학에 유학 중인 장덕수가 마중 나와 있었다. 김마리아, 장덕수 두 사람은 오 년째 미국에 유학하면서 일제에 대한 저항을 포기하지 않고 있었다. 이 중, 김마리아는 나혜석과 3·1운동 여학생 참가를 함께 주도한 사이로, 그녀가 반일운동으로 대구 감옥에 투옥되어 있었을 때, 나혜석이 대구까지 면회를 간 적도 있었다. 그렇다고 편안한 관계는 아니었다. 삼일만세운동 사건으로 투옥되었을 당시, 김마리아가 모든 책임을 나혜석에게 떠넘긴 일이 있었다. 여기에 더하여 김마리아가 애국부인단 사건 주모자로 심한 고문을 받고 대구형무소에 투옥되어 있을 때, 나혜석이 대구까지 면회를 갔지만 그다지 우호적 대접을 받지 못한 기억도 있었다. 이미 수 년이 지났다고 해도 불편한 기억은 불편한 기억이었다.

그런 김마리아가 벌써 오 년째 시카고 대학에 유학하면서 박사학위까지 준비하며 자신의 삶을 이루어가고 있었으니 나혜석으로서는 썩 유쾌할 수는 없었다. 그 때문일까. 나혜석은 미국여행기에서 '김마리아가 마중나왔다'는 한마디의 언급 이외 어떤 언급도 하지 않고 있다. 물론 김마리아 뿐만이 아니었다. 서재필 등 미국에서 만난 모든 사람, 뉴욕, 나이아가라, 요세미티 국립공원, 로스엔젤스 등 눈부시게 멋진 여행지의 풍경 기록 대부분이 아주 간략하다. 나혜석은 미국에서 만난 사람들, 그리고 새로운 풍경에 그다지 관심이 없었던 것이다. 축제도, 열정도, 환상도 파리를 떠나는 순간, 이미 모두 끝났기 때문이다.

여행 출발 때부터 나혜석에게 이번 여행의 유일한 목적지는 파리였다. 그 파리를 떠나왔으니 이제 나혜석 마음에서 모든 여행은 끝나버린 것이었다. 게다가 그 파리에는 최린과의 추억도 있지 않았던가. 그렇지 않아도 미국 여행에 큰 애정이 없었는데 김우영이 피습당하는 일까지 일어나면서 나혜석의 미국행은 엉망이 되어 버린다. 미국을 방문한 그해, 1928년 12월 31일 나혜석·김우영 부부는 제야를 보내기 위해 뉴욕의 한인 교회를 방문하는데 거기에서 김우영이 피습당하는 충격적인 사건이 일어난다. 범인은 뉴욕에서 작은 식당을 경영하는 조선인으로 그의 말에 따르면 "김우영이 친일파 주제에 미국까지 와서 뻔뻔스럽게 여기저기 조선인을 만나고 다니는 것이 화가 나서 참을 수가 없었다"고 한다. 다행히 상처가 깊지 않아서 이 주 정도의 치료로 회복이 된다.

> 외로운 한 쌍의 영혼은 좁은 뱃속 안에서 一夜를 지냈다. 바깥 경치는 백설의 세계이었다.
>
> (나혜석, 「파리에서 뉴욕으로」, 『삼천리』, 1934. 7.) *피습사건 후,

한밤에 뉴욕을 떠나던 날의 나혜석의 심경을 담은 글임.

이 사건은 나혜석·김우영 부부에게 씻기 힘든 마음의 상처를 남긴다. 미국의 조선인 사회는 물론 조선에까지 이 사건이 알려지면서 김우영은 물론 나혜석까지 친일파로 공공연하게 낙인이 찍혀버리게 되었기 때문이다. 조선총독부의 경고를 들으면서도 만주의 조선인 혁명가들을 도운 노력과 의지는 간 곳 없어지고 두 사람은 하루아침에 일제에 아부하는 민족의 반역자로 규정되고 있었다. 김우영은 이제 더는 조선인 독립운동가 전담 변호사로서 조선 사회의 신망과 존경을 한 몸에 받던 명망있는 인사가 아니었다. 나혜석 역시 마찬가지였다. 조선의 자강에 온 힘을 기울인 수원 나주 나씨 집안의 딸이자, 삼일 만세 운동으로 투옥까지 당한 민족주의자가 아니었다. 그냥 친일파의 아내일 뿐이었다. 일본과 조선의 경계선상에 위태롭게 서서 조선을 은밀하게 돕고 있던 두 사람은 이 사건으로 인해 자신들의 의지와는 무관하게 일제의 편에 서버리게 된 것이었다. 김우영으로서도, 나혜석으로서도 말할 수 없이 충격적이고 모멸스러운 일이었다.

핵심사건만 간단하게 요약형식으로 기록한 미국 여행기에서 나혜석은 이 엄청난 사건에 대해서 한번도 언급하지 않는다. 그 정도로 수치감과 충격이 극심했던 것이리라. 3·1운동을 주도하고, 조선 독립에 앞장선 젊은 엘리트 상당수가 급격하게 친일로 돌아서고 있었지만 그들 중 누구도 나혜석 부부처럼 공개적으로 친일파로 낙인찍혀 비난받지는 않았다. 뉴욕 피습사건 이후, 두 사람은 순식간에 공식적 친일파가 되어 조선의 공공연한 배신자가 되어있었다. 김우영의 피습 상처가 그럭저럭 아물자, 두 사람은 곧 뉴욕을 떠난다. 그리고 나이아가라, 시카고, 그랜드캐니언, 로스엔젤스, 요세미티 공원을 구경한 후, 1929년 2월 14일, 샌프란시스코 항에서 일본 배 다이요마루(太陽丸)를 타고 도쿄를 거쳐 조선으로 돌아온다. 조선을 떠난 지 일 년 팔 개월만이었다.

많은 사람의 환송을 받으며 떠난 여행이었지만 귀국 길은 적막하고, 쓸쓸했다. 여전히 환영객은 많았지만, 환영객들에게 여행 경험을 나눠줄 정도의 힘이 나혜석 부부에게 남아있지를 않았다. 나혜석은 훗날 『구미 여행기』를 쓰면서 여행에 '큰돈'을 들였는데 큰 효과는 없었다는 의미의 언급을 두 차례 한다. 여행을 끝내고 보니 구미여행은 투자에 비해 거둬들인 것이 없다고 느껴진 것이었다. 이익이 없는 것은 그럴 수 있다지만, 오히려 손해를 봐도 크게 본 여행이었다. 집을 팔고, 그동안 모은 돈까지 더해서 여행을 떠날 때는 그 돈으로 선진문물을 공부하고 돌아와서 정신적으로건 경제적으로건 많은 이익을 거둬들일 것이라는 자신이 있었다. 두 사람 모두 능력이 있으니 돈은 돌아와서 벌면 되는 일이었다. 그러나 세상일이라는 것이 마음먹은 대로 되는 것이 아니라는 점을 두 사람 모두 간과하고 있었다. 아내의 죽음을 겪고, 연인의 죽음을 겪으면서 삶의 잔인함을 이미 드세게 겪은 두 사람이었지만 여전히 세상 흐름에는 순진했던 것이다.

나혜석이 파리에서 최린과 연애에 빠지고, 김우영이 뉴욕에서 칼을 맞는 일은 여행 계획 어디에도 없는 일이었다. 이로 인해서 두 사람 모두 재기가 어려울 정도의 치명상을 입는다. 김우영은 귀국 후 변호사 사무실을 열지만 이미 '친일파'로 낙인이 찍혀있어서 경영난에 허덕이게 된다. 나혜석은 최린과의 연애 사건이 조선 사회에까지 알려져서 세간의 우스개꺼리가 된다. 불행이 겹쳐 일어나고 있었다. 두 사람은 경제적인 면에서도 부부관계의 면에서도 회복 불능 상태에 빠지게 된다. 여기에 불을 지른 것이 천진난만할 정도로 자기중심적인 나혜석의 성격이었다. 이 성격이 그렇지 않아도 불안정하고 위태롭게 이어지고 있던 부부관계를 파국으로 몰아갔다.

7. 남자들, 최린과 김우영

해방 이후 발행된 김우영의 자서전 『회고』에도, 최린의 자서전 『여암문집』에도 나혜석에 대한 언급은 한 줄도 나오지 않는다. 그들에게 나혜석은 존재하지 않는 사람이 되어 있었다. 지난 시절 이 두 사람이 나혜석을 사랑했던 것을 생각하면 슬프고도 잔인한 일이었다. 그러나 한편으로 생각하면 존재 자체를 부인하고 싶을 정도로 두 사람 모두 나혜석을 사랑했고, 그녀로 인해 받은 상처가 컸던 것이리라. 적어도 김우영에게는 그랬다. 조선 귀국 후 김우영과 나혜석 두 사람에게 남은 돈은 거의 없었다. 여행 경비를 위해 집을 처분해서 있을 곳이 없으니 나혜석은 부산 동래 시댁에서 시어머니와 세 아이를 데리고 산다. 그리고 김우영은 변호사 개업을 위해 경성에 거주한다. 귀국한 지 넉 달 후인 6월 나혜석은 넷째 아이를 낳는다. 혁명과 건설의 도시 파리의 산물임을 기념하기 위해 아이 이름을 건(建)으로 짓는다. 나혜석에게 파리는 여전히 현재형으로 존재하고 있었던 것이다.

애써 개원한 김우영의 변호사 사무실이 심각한 경영난을 겪는

데다가 나혜석과 최린의 연애사건 소문이 여기저기에 나돌면서 살얼음판을 걷듯, 위태롭게 유지되고 있던 나혜석·김우영 두 사람의 부부 관계가 급격하게 무너지기 시작한다. 이 상황에서 시댁 어른과의 갈등까지 겹쳐 심리적으로 궁지에 몰린 나혜석이 최린에게 도움을 요청하는 편지를 쓰고, 이 편지의 존재가 제 삼자를 통해 김우영의 귀에 들어가면서 두 사람의 관계는 마침내 파국으로 치닫는다. 더 이상 참을 수 없게 된 김우영이 이혼을 요구하고, 버티던 나혜석이 마침내 이혼 서류에 도장을 찍으면서 1930년 11월 말, 두 사람은 십년 간의 결혼생활을 끝낸다. 이혼 귀책사유가 나혜석에게 있었던 만큼 네 아이의 양육권은 당연히 김우영이 가지게 되고 나혜석에게는 면접조차 허락되지 않게 된다.

나혜석에게 남은 것은 없었다. 아이, 결혼생활, 사회적 명예, 그녀가 오랜 세월에 걸쳐 쌓아온 모든 것이 무너졌다. 폐허 더미 속에서 단 하나 그림만이 그녀 곁에 남아있었다. 그림을 그리는 한, 그녀는 불륜으로 이혼당한 여자가 아니라, 예술가 '나혜석'으로 있을 수 있었다. 예술가 나혜석으로 있기 위해서라도 그림을 그려야 하고, 그림을 그리기 위해서는 파리로 가야하고, 파리로 가기 위해서는 돈이 필요했다. 돈을 마련하기 위해 김우영에게 재산분할을 요구하지만 거부당한다. 절박함 속에서 최린에게 경제적 도움을 청하지만 답조차 듣지 못한다. 파리행을 위한 자본을 마련하기 위해 그녀는 최악의 선택을 한다. 최린을 혼인빙자간음죄로 고소하여 보상금을 받아내는 것이었다.

최린을 위한 변명

나혜석과의 관계에서 보면 최린은 다시 없는 악인이다. 그는 유부남이면서 열여덟 살 아래의 유부녀, 그것도 친구의 여동생을 유혹하여 부적절한 관계를 맺는다. 게다가 자신때문에 이혼당한 그 여자가 절박한 상황에서 경제적 도움을 청하는데도 외면해버린다. 도울 능력이 없었는가 하면 그도 아니다. 조선 최대종교 천도교의 수장으로서 부와 권력을 함께 지니고 있어서 돕고자 한다면 얼마든지 도울 수 있었지만 그렇게 하지 않았을 뿐이다. 이렇게 보면 최린은 다시 없는 파렴치범이며 냉혈한이다. 1927년 10월 10일 파리, 이종우의 아뜰리에에서 나혜석과 처음 만난 이후, 1934년 나혜석으로부터 혼인빙자간음소송을 당하기까지, 표면적으로 드러난 최린의 행적을 살피면 분명히 그렇다. 나혜석과의 꿈같은 시간을 보낸 후 조선으로 돌아와서 그는 여러 편의 글을 발표하지만 거기 어디에서도 나혜석에 관한 언급은 없다. 자신의 삶에서 나혜석을 완전하게 지운 것이었다.

나혜석의 혼인빙자간음죄 고소로 인해 세상의 웃음거리가 된 그 순간에도 그는 무대응으로 일관한다. 어쩌면 이와 같은 최린의 무대응, 무시가 나혜석의 마음을 최악으로 몰아붙여 마침내 혼인빙자간음죄 고소라는 선택에 이르게 한 것인지도 모른다. 파리라는 공간이 불러일으킨 환각때문이었는지 어떤지는 모르지만, 나혜석은 여전히 최린을 사랑하고 있었기 때문이다. 이혼당하고 난 다음 해인 1931년까지도 파리생활을 그리워하는 내용의 글을 쓴 것을 볼 때 최린을 향한 나혜석의 사랑은 이혼과 세간의 웃음거리라는 혹독한 시련에도 변함이 없었다. 어쩌면 나혜석은 천진난만할 정도로 자기중심적인 사람이어서 그때까지도 최린이 여전히 자신을 사랑한다고 믿고 있었는지도 모른다. 그렇다면 1927년 파리에서 두 달간 나혜석과 열정적 시간을 보낸 그 최린은 누구이며, 조선 귀국 후 나혜석의 흔적을 자신의 주변에서 완벽하게 지워낸 그 최린은 누구일까.

최린은 1878년생으로 어릴 때 한학을 배우고 대한제국의 하급관리가 된다. 이후 조선황실 유학생에 선발되어 일본 최고의 명문고등학교 도쿄 제일부립고등학교를 거쳐 메이지대학 법과에 진학한다. 당시 함께 선발된 사람으로 최남선이 있었다. 일본 유학시절의 최린은 열정적 민족주의자이면서 투사였다. 일본제국에 대항한 그의 뛰어난 무용담은 유학생들 사이에 전설처럼 전해내려올 정도였다. 메이지대학 법과 시절, 와세다 대학에서 열린 모의국회에서 조선 황실을 일본의 황족으로 흡수하자는 의제가 다뤄지는 것을 보고는 조선 유학생회를 긴급 결성하여 와세다대학 학장을 찾아가 항의한 결과 마침내 사과를 받아낸다. 같은 해 겨울, 도쿄의 극장에서 조선 왕이 쇼군 도쿠가와 이에야쓰에게 절하는 인형극이 공연되는 것을 보고는 조선 유학생을 인솔해서 극장으로 몰려가 때려 부수는 바람에 기물 파손죄로 검거되기도 한다.

1919년 삼일만세운동에 이르기까지 최린은 조선 젊은 엘리트들의 영웅이었다. 그는 비폭력적이며 소극적 저항 대신에 적극적으로 맞서 싸우는 쪽을 택한 사람이었다. 말 그대로 혁명가이며, 투사였다. 투사이면서 정치적 감각도 뛰어나서 손병희가 이끄는 천도교에 입교하여 보성학교 교장, 천도교 종법사 등 핵심 요직을 차지하였다. 3·1운동 때에는 독립선언문을 발표한 민족 대표 33인 중 한 사람으로 손병희, 한용운, 이승훈 등과 최고형인 3년형을 받고 투옥되기도 한다. 그런 그가 3·1운동의 실패에 이어, 자신의 멘토였던 손병희가 투옥 후유증으로 사망하자 타협과 소극적 저항의 쪽으로 돌아서기 시작한다.

3·1운동 직후, 조선인의 거국적 저항에 놀란 일본 내부에서는 조선의 자치를 허용함으로써 조선 민족주의 세력을 일본 체제로 끌어들여 일제의 통치를 안정적으로 만들고자 하는 움직임이 일어나고 있었다. 약간의 자유를 허용하면서 자신들의 세력권 안에 두려는 것이었다. 이들 일부 세력에게 최린은 최고의 회유대상이었다. 그는 조선 최대종교인 천도교의 핵심인물이면서, 일제에 대해 비타협적, 적극적 저항으로 일관해서 조선 신진엘리트의 존경도 받고 있었다. 당시 일본에도 천도교 포교원이 있을 정도였으니 천도교의 영향력은 대단한 것이었다.

3·1운동 실패를 경험한 최린의 입장에서는 일본제국 측에 조선자치제라도 받아낸 후 점진적으로 독립을 향해 움직이는 편이 현실적이라고 느끼고 있었다. 최린은 최린대로, 일본 측은 일본 측대로 여러 차례의 만남을 통해 입장을 조율해갔다. 그러나 조율이 이루어지던 시기, 자치야말로 영속적 식민지화라고 비판하면

서 적극적 항일운동을 주장하는 목소리가 조선 내에서 높아지고, 이에 최린과 일본측의 자치제 구상 역시 난감한 상황에 빠지게 된다. 이 상황에서 최린과 일본 측이 함께 찾아낸 해법이 구미시찰이었다. 말하자면 최린의 구미시찰은 시간을 벌기 위한 외유였다고 할 수 있다. 십여 개월에 걸친 최린의 구미시찰은 이처럼 복잡한 정치적 흐름 속에서 이루어지고 있었다. 최린으로서는 일생일대의 정치적 전환점을 맞고 있던 때였던 만큼 떠들썩한 연애사건에 휘말려서는 안되는 일이었다. 미국과 유럽에 체류하는 조선 선각자들의 지지를 얻어 천도교의 리더가 되고 조선 정치의 중심으로 복귀해야했다.

> 나는 실상 구미로 처음 떠날 때에는 이러한 염려도 없지 않았다.
>
> 첫째 나 자신이 일개 조선에 '최린'이니만치 내 자신에 대한 대외적 입장이 염려되었고
>
> 둘째 그때만 하여도 나는 '천도교'가 아직 조선적 천도교로만 생각하였으니만치 천도교에대한 세계적 성가(聲價) 여하가 염려되었다. 우리끼리 '인내천'주의가 어떠니 70년 역사가 어떠니, 300만이니 하고 떠들지만 세계인에 있어서야 어찌 그렇겠는가?
>
> 그렇든 것이 떠날 때 생각과는 아주 딴판으로 나 개인에 대해서나 교회에 대해서나 무상한 환영을 느끼게 되었

다. 나 개인에 대해서는 나 자신이 잘나서 그런 것이 아니라 천도교란 배경이 있는 까닭에 그럴 것이겠지만 천도교에 대한 세계적 환영이야 말로 실로 예기 이상이었다.

(최린, 「천도교 제일주의-구미여행을 마치고 돌아와서-」, 『신인간』, 1928, 5.)

일부다처제가 암묵적으로 허용되던 조선 사회를 생각하면 최린 역시 긴 외유 생활 중에 잠시, 여성들과의 단순한 재미를 보는 정도까지 마다할 생각은 없었을 것이다. 그렇지만 본격적인 연애, 그것도 유럽의 조선인 사회는 물론 조선 본토까지 들쑤실 정도로 떠들썩한 연애를 할 생각은 없었던 것이 분명하다. 개인 최린이 아니라 조선 최대 종교, 천도교 대표 최린으로서 미국과 유럽을 방문하고 있던 만큼 행동 하나하나가 조심스러울 수밖에 없었다. 게다가 그의 구미 여행은 명확한 목표가 있었다. 유럽과 미국에 체류하고 있는 조선 엘리트들에게 조선 자치제의 타당성을 설명하는 것은 물론 천도교라는 종교를 세계에 알려야 했다. 그는 자신의 정치생명과 천도교의 홍보, 조선의 앞날을 걸고 미국에 첫발을 내딛고 있었다. 천도교 대표로서, 조선 대표로서, 여기에 더하여 일제의 지지까지 받으면서 미국과 유럽을 방문했던 만큼 그의 여정은 화려하기 그지없다.

최린은 1927년 6월 10일 구미 여행에 나선다. 우연하게도 나혜석 부부와 거의 같은 시기 구미 여행을 떠나지만 여정은 상반

된다. 나혜석 부부는 조선에서 출발해서 대륙을 가로질러 유럽에 도착한 후, 대서양을 횡단하여 미국으로 건너가, 그곳에서 태평양을 건너 일본에 도착, 관부연락선으로 조선으로 돌아온다. 이와 반대로 최린은 경성에서 경부철도를 타고 부산으로 가서 배를 타고 시모노세키로 그곳에서 배로 태평양을 건너 미국, 미국에서 대서양을 건너 유럽, 유럽에서 대륙을 가로질러 조선으로 귀국한다. 일본과의 협의와 조율이 필요했던 것일까. 최린은 일본을 출발지로 하고 일본에서 한동안 머무른 후 미국으로 출발한다. 여정의 모든 부분에서 최린은 최고의 호사를 누린다.

당시 경부선 열차는 삼등칸까지 등급별로 나뉘어져 있었는데 일등칸은 침실에 응접실까지 갖추고 있었다. 이처럼 큰 공간이 필요하다 보니 기차 한 량 당 일등칸의 경우 수가 한정되어 있어서 일등칸 경우, 사용 승객을 제한해야 했다. 허용 대상은 일본인과 조선고위층이었으며, 조선인 경우 돈이 많다고 해서 사용할 수 있는 것은 아니었다. 최린은 이 멋진 일등칸에 몸을 싣고 경성을 출발하여 부산으로 가서 여객선 일등실을 타고 시모노세키로 간다. 일본에서는 저택을 전세 내어 입주가정부까지 두면서 지낸다. 미국에 도착해서도 그는 외교관급의 우대를 받는다. 예를 들어 미국 정부의 우대요청 안내장을 손에 쥐고, 열 명이 넘는 유학생의 호위를 받으며 뉴욕 모범 감옥을 시찰한다.

정치적 싸움에 밀려 잠시 이국땅으로 나와 있기는 했지만 그는 여전히 권력의 중심에 있었고, 일제의 지지와 지원이 이 힘을 상당부분 지탱해주고 있었다. 그의 여정은 집을 팔아 여행경비를 충당한 나혜석 부부의 여정과는 기본적으로 달랐다. 천도교인들이 성금을 모았다고는 하지만, 천도교의 지원금인지, 일제의 지원금인지 출처를 알 수 없는 풍부한 경비에 통역까지 대동해서 왕족과 같은 여행을 하고 있었다. 수행원까지 대동한 미국 시찰을 마치고, 유럽으로 건너가 파리에서 마침내 나혜석을 만난다. 나혜석과는 초면이었지만 이미 명성을 듣고 있던 데다가, 나혜석의 큰오빠 홍석과는 일본 유학시절을 함께 보낸 사이이기도 했다. 와세다 대학 모의국회사건으로 최린이 와세다대학 학장을 찾아가 항의를 한 그때 나홍석은 와세다 대학 재학 중으로 최린이 결성한 유학생회에 관여하고 있었던 것이다.

최린에게 나혜석은 친구의 여동생이었고 나혜석에게 최린은 오빠의 친구였다. 일본도 아닌, 먼 유럽에서 이처럼 절친한 인적 관계로 만났으니 서로간의 벽이 쉽게 허물어지는 것은 당연한 일이었다. 이와 같은 인적 관계에 더하여 두 사람 간에는 '그림'이라는 중요한 공감대가 있었다. 최린은 투사이자 정치가이면서 예술적 능력을 지닌 사람이었다. 1922년 개최된 제1회 조선미술전람회 동양화 부분에 「란(蘭)」이라는 제목의 작품을 출품하여 입선할 정도로 그림에 재능이 있었다. 최린이 입선한 이 전람회에 조선 여성으로서는 최초로 나혜석이 서양화 부분에 그림을 출품하여 입선한다. 나홍석이라는 공통분모, 여기에 더하여 그림이라는 공통의 관심사까지 더해져서 두 사람은 빠른 속도로 서로에게 몰입

사진 18 | 제1회 조선미술전람회에 출품한 최린과 나혜석의 작품. 최린은 동양화부에 '최고우(崔古友)'라는 이름으로 「묵란(墨蘭)」(왼쪽)을 출품, 나혜석은 서양화부에 두 점을 출품한다. 「봄이 왔다」(가운데)와 「농가」(오른쪽)(『조선미술전람회도록 』1, 경인문화사, 1982).

해간다. 게다가 두 사람이 있는 곳은 세계 예술가들이 누구나 꿈꾸는 파리, 그것도 가을이 시작되는 파리였다.

나혜석과 만난 그해 최린은 쉰 살이었다. 그는 1878년생으로 대한제국 시대에 청년기를, 식민지시기에 장년기를 보냈다. 그런 만큼 남녀관계에 관해서는 일부다처제의 전근대적 정서에 익숙했다. 천도교 교주 손병희가 두 명이나 되는 아내를 두고, 어린 기생에게 마음을 두자, 최린이 그 기생을 손병희의 첩으로 들이기 위해 노력한 일화는 유명하다. 쉽게 말해서 최린은 일부다처제가 당연시되고 남녀애정관계라고 해봐야 기생과의 유흥이 전부였던 전통적 조선 시대의 의식과 기억을 마음에 새기고 있는 사람이었다. 그리고 그가 경험한 남녀관계 역시 대략 그 범주 안에 있었다. 그가 이십대를 보내는 동안, 근대교육을 받은 새로운 여자란 조선에는 존재하지 않았으니 '근대적 연애'를 할 상대가 애초에 없었던 것이다.

나혜석은 그런 최린이 처음 접해보는, '새로운'여자였다. 그녀는 지적이며 뛰어난 예술적 감성을 지닌데다가 아나키스트 사상을 지닌 두 오빠의 영향으로 식민지 조선의 정치 현실에 관한 인식도 깊었다. 조선 최고의 인텔리 최린이 어떤 여성과도 나눠보지 못한 미술, 문학, 정치, 전 영역에 관한 대화를 할 수 있는 상대였다. 게다가 최린과 만난 그때 나혜석은 서른 둘로, 여성으로서도 아름다운 시기였다. 그녀는 명민하고, 감성적이며, 솔직할 뿐 아니라 좋은 환경에서 성장한 사람 특유의 부드러움과 밝음을 가지고 있었다. 일본 정치가들과 조선민족주의자들 간의 위험한 정치적 줄다리기로 심신이 지칠 대로 지쳐있던 최린에게 나혜석과의 시간은 더할 나위없는 휴식이었다. 나혜석과 만나는 동안만큼은 천도교도, 조선 자치제도 모두 내려놓고 자연인 최린으로 돌아올 수 있었다. 최린에게도 파리에서의 시간은 인생에서 처음이자 마지막으로 겪는 축제의 시간이었다.

그러나 최린은 휴식과 노동, 환상과 현실, 비일상과 일상의 경계를 명확히 아는 사람이었다. 열정에 취해서 경계를 허물어뜨릴 사람이 아니었다. 게다가 일본제국과 협상을 할 정도, 노회한 정치가였다. 경계를 준수하는 냉정함, 결단력은 나혜석에 대한 사랑의 깊이와는 무관한 일이었다. 그는 쉰 살에 이르기까지 일본 유학생회의 대표, 3·1운동을 이끈 독립운동가, 천도교 종법사 등 수많은 사람의 뜻을 대변하는 대표로서 살아왔다. 게다가 성장과정 동안 한학을 배워서 유교이데올로기의 군자의 도(道)를 마음에 익히고 있었다. 충과 효의 이데올로기의 중요성을 배우면서 자라왔다.

쉽게 말해서 최린은 신세대인 나혜석과는 다른 구시대의 사람이었다. 그는 자신이 세계의 중심이며 자아의 실현을 중시하는 나혜석과는 달리, 公的세계, 즉 대의를 중시하는 전통적 세계의 사람이었다. 최린이 속한 전통적 세계에서는 '도'의 실현을 위해서는 사사로운 개인의 감정 따위는 버려야만 했다. 최린이 세운 그 '도'의 방향이 옳은가 옳지 않은가를 되짚어보는 것은 의미가 없는 일이다. 그의 '도'가 지나치게 자의적이고, 방향성이 잘못되었다고 하더라도, 그 '도'의 실현을 세상 무엇보다 우선시, 아니 절대시하는 태도를 지니고 있었다는 점, 바로 그 점이 중요하다.

> 가령 남녀간에 결혼생활을 부인하고 산다면 여자가 어떤 남자와 희롱을 한다든지 남자가 어떤 여자를 따라다닌다든지 별로 상관이 없겠지마는 만일 결혼생활을 한다면 부부간 파차에 자제력이 있어야 되는 것과 같은 것이다.
>
> (최린, 「수양의 방법과 그 결과」, 『신인간』, 1929. 6.)

조선 귀국 후 최린은 나혜석의 기억을 모두 지운다. 나혜석은 귀국 후의 잡지 인터뷰에서 최린을 언급하지만 최린은 기억상실증에라도 걸린 것이 아닌지 의심 될 정도로 철저하게 나혜석을 잊은 듯한 모습을 보인다. 단순히 기억하지 않을 뿐 아니라 부부간의 도리에 대해서 일장 연설을 하면서 파리에서의 자신의 행위를 부정하는 듯한 모습까지 보인다. 그에게 조선은 일상과 현실의 영역이자 목숨을 건 투쟁이 일어나는 곳이었다. 그러므로 환상과 달콤한 축제는 파리에서 끝을 내고 이제는 자신이 생각한 '도', 자신이 믿는 '신념'을 이루기 위해서 싸워야 했다. 그는 조선에 돌아오자 곧 낭만주의자 최린의 모습을 버리고 전열을 정비하여 천도교 내의 반대파를 정리한 후 천도교 교령에 오른다. 그리고 일 년 후인 1929년 천도교 창건 70주년을 맞자, 천도교 조직 재정비에 들어간다. 더 이상 최린은 개인 최린이 아니었다. 그는 조선 최대 종교 천도교의 교령으로 수십만 교인의 삶을 책임진 존재였다. 그의 말 한마디 한마디, 행동 하나하나가 교인들의 삶의 지침이 되었다.

나혜석이 끼어들 틈은 어디에도 없었다. 자신과의 관계로 인해 남편에게 이혼당하고, 가족들로부터 절연을 당하는 등 절박한 상황에 내몰린 나혜석을 보면서도 최린은 철저하게 외면한다. 최린의 행동을 변호하자면, 나혜석이 벼랑 끝에 서서 도움을 요청하던 시기는 최린의 삶에서 가장 중요한 때였다. 조선 귀국 후 반대파를 제압하고 천도교 교령에 오르기는 했지만 상대의 공격은 계속되었다. 조선 자치제 실시를 위한 협상 역시, 상대가 일본제국의 정치가들인 만큼 만만치가 않았다. 나혜석이 혼인빙자간음죄로 최린을 고소한 1934년 9월은, 최린이 마침내 사활을 건 일생일대의 싸움을 끝내고 천도교 대교령에 올라 자신이 구상하는 형태로 천도교와 조선을 만들어가려던 때였다.

그는 일본의 한 지방이 되어 자치권을 얻는 것이 조선이 갈 수 있는 현실적이며 이상적 방향이라고 믿고 있었다. 그런 자신의 신념에 따라 이름뿐인 조선 의회인, 중추원 참의에 오르고 친일 단체 시중회를 만들어 일제와의 협력을 이루어간다. 이 중차대한 시기, 나혜석이 지저분한 연애사 속으로 그를 끌어넣으려고 하고 있었던 것이다. 최린의 입장에서 볼 때, 나혜석의 손을 잡아주는 것은 출구 없는 깊은 수렁 속으로 걸어 들어가는 것일 뿐 아니라 자신의 신념의 결정체인 조선 자치제 구상을 무너뜨려 조선을 위태롭게 하는 것이었다. 사사로운 인연이 대의를 해치게 둘 수는 없는 일이었다. 여기에 더하여 재밋거리를 찾아다니는 사람들의 호기심 가득한 시선이 최린의 대응을 주시하고 있었다. 노회한 정치가답게 사람들의 호기심을 채워줄 아무런 대응-긍정적인 대응이건 부정적인 대응이건-을 하지 않고 무대응으로 일관한다. 대신 나혜석이 혼인빙자간음죄로 그를 고소하는 지경에까지 이르자, 신도들에게 남기는 훈화를 통해서 이에 우회적으로 대응한다. **"나쁜 인연으로부터 탈출하지 않으면 안 될 줄 믿는다."** 최린에게 나혜석은 '나쁜 인연'이 되어 버린 것이었다.

김우영을 향한 연민

> 그러나 이 일(*최린 고소사건)로 최대의 피해자가 된 이는 아버지 김우영이었다.
>
> (김진, 『그땐 그길이 왜 그리 좁았던고』. 해누리기획, 2009.)

김우영은 1916년 여름, 친구 나경석을 만나기 위해 수원에 있는 그의 집에 들른다. 그곳에서 나경석의 여동생 나혜석을 처음 본다. 김우영 서른한 살, 나혜석 스물한 살이었다. 당시 김우영은 교토제국대학 법학부에 다니고 있었고, 나혜석은 여자사립미술학교를 휴학하고 집에서 쉬고 있었다. 묘하게도 두 사람 모두, 그해 봄 사랑하는 사람을 병으로 잃은 상태였다. 김우영은 아내가 그해 봄 병사했고, 나혜석 역시 연인 최승구가 그해 봄 폐병으로 요절한 것이다. 그날 나경석의 집에서 처음 만난 순간부터 나혜석을 마음에 뒀던 김우영과 달리 나혜석에게 김우영은 큰 인상을 남기지 못했다. 그 얼마 후 두 사람이 우연히 교토에서 만났을 때 나혜석이 김우영을 알아보지 못한 것이다. 묵묵히 이어지는 김우영의 구애에 나혜석이 마침내 마음을 열게 되어 만난 지 5년 후인 1921년 결혼에 이른다.

나혜석이 결혼 조건으로서 '시어머니와 전 부인과의 사이에 낳은 딸'과는 함께 살지 않는다는 다소 어이없는 항목을 내걸지만 김우영은 수락한다. 그리고 요절한 연인 최승구의 고향으로 신혼여행을 가서 묘를 참배한 후 묘비를 세워달라는 말도 안 되는 부탁도 수락한다. 그 정도로 나혜석을 사랑한 것이다. 그 사랑은 결혼 생활 내내 변함없이 이어진다. 물려받은 유산이 없던 탓에 윤택한 삶을 제공해주지는 못했지만 최선을 다해서 아내 나혜석의 예술활동을 지원하고 그녀를 존중하며 사랑한다. 그리고 나혜석의 예술활동을 돕기 위해서 집안의 반대를 무릅쓰고 일본정부로부터 얻은 구미 시찰 길에 아내를 동반하는 파격적 결정을 내리기도 한다.

나혜석을 향한 김우영의 애정은 조선 사회의 주목을 받으며 떠난 구미 여행길에서 끝이 나버린다. 여행을 떠날 무렵 김우영과 나혜석은 결혼 육 년째로 세 명의 아이를 두고 있었다. 일 년 팔개월 간의 구미 시찰을 떠나면서 두 사람은 꿈에 부풀어 있었다. 김우영의 원래 꿈은 미국 유학이었다. 일본 유학도 이곳저곳의 도움을 받아서 했을 정도로 집안 형편이 어려웠던 탓에 미국행은 꿈도 꾸지 못하고 포기해버린 것이다. 나혜석은 파리행이 꿈이었다. 근대미술을 전공한 만큼 자신의 주종목이었던 인상파의 본고장, 파리행은 바라고 바라던 일이었다. 구미여행은 두 사람의 오랜 꿈이 현실이 되는, 그야말로 '꿈같은'일이었다.

그러나 꿈의 파리에 도착한 지 얼마 되지 않아 나혜석과 최린 간 연애사건이 일어나면서 유럽행은 김우영에게 악몽이 되어버린다. 아내의 불륜으로 인한 충격, 절망, 분노가 너무 컸던 것일까. 김우영은 해방 후 쓴 자서전에서 나혜석에 대해서는 한 줄도 남기지 않는다. 대신에 젊은 나이에 병사한 첫 아내의 기억을 구구절절하게 쓰고 있다. 그 기억 속의 김우영은 조선 대표 신여성 나혜석의 남편 김우영, 교토 제대 출신의 엘리트 외교관 김우영의 모습과는 다르다. 논을 매고, 집안의 대소사를 살피는 시골의 일반적 가장이다. 김우영 글 속, 첫 아내의 이미지를 조합해 보면 근대적 교육을 받지는 못했지만 전통적 가르침에 따라 남편과 시부모에게 헌신한 여성으로서 신여성 나혜석과는 대척점에 있는 사람이다. 부산 동래의 홀어머니 밑에서 가난하게 성장한 김우영으로서는 열 살 아래, 수원의 부잣집 아가씨이자, 엘리트 여성인 나혜석에게서 느끼는 것과는 다른 편안함을 첫 아내에게서 얻고 있었던 것이다.

해방 이후, 친일행적으로 사회의 혹독한 비판을 받은 후 삶을 정리하는 엄숙한 시간에 이미 기억조차 가물가물한 첫 아내가 떠올랐던 것은 그 때문이 아닐까. 삶을 회고하면서 기억을 헤집고 강렬하게 떠오른 첫 아내와 달리 나혜석은 기억에서 지워진 것인지 흔적조차 찾을 수 없다. 김우영에게 나혜석은 존재하지 않는 사람이 된 것이었다.

> 여름방학 때 집으로 돌아와 채마밭의 김도 아내와 나란히 앉아서 매고 고추도 따고 점심 뒤에 나가면 해질 녘에사 노을을 밟으며 되돌아오기도 하였다. 할아버지 할머니의 성묘도 나란히 같이 가고 온천장에도 가끔 같이 갔었다. 우리의 이런 부부생활은 한 고을의 가정부인들이 부러워할 뿐만 아니라 저 술 주막집 기생들까지도 다 부러워하는 바 되었다.(김우영, 『회고』, 신생공론사, 1954.)

김우영은 1886년생으로 경상남도 동래군에서 태어난다. 김우영을 이야기할 때 빼놓을 수 없는 것이 그의 어머니이다. 김우영의 어머니는 유교집안에서 태어나서 유교이데올로기를 마음에 익히고 성장한 사람이었다. 김우영이 태어난 그해 조선 전역을 휩쓴 콜레라로 남편이 죽자 두 딸을 두고 남편을 따라 죽음으로써 유교의 도를 완성시키려고 했을 정도로 유교 이데올로기는 그녀 뼈 속 깊이 박혀있었다. 그 죽음을 막은 것 역시 유교 이데올로기였다. 남편이 죽은 후 낳은 아이가 아들이었기에 유교이데올로기에 따라 아들을 잘 키워서 집안의 대를 이어야했던 것이다. 자신이 살아남은 이유가 아들 김우영을 키우기 위한 것이었던 만큼 그녀는 아들을 키우는 일에 온 힘을 기울인다.

성질이 급한 어린 아들이 혹시 넘어질까 봐서 서당 가는 길 곳곳이 박혀있던 돌을 밤새 모두 뽑은 일화는 아들 김우영을 향한 그녀의 애정, 집착이 어느 정도였는가를 보여준다. 아울러 그녀는 세상의 변화를 읽는 눈이 밝아서 아들에게 한학과 더불어 한글, 일본어 교육을 받게 하고, 그 일본어를 바탕으로 아들을 부산의 제일 큰 일본인 상점, 박간상점의 점원으로 보내어서 세상물정과 장사를 배우게 한다. 아들의 결혼 역시 유교이데올로기를 익힌 선비 집안의 딸 대신 고리대금업까지 손 대고 있던 부유한 상인의 딸과 혼인을 맺게 한다.

사진 19 | 파리체류 시절 나혜석이 그림 김우영(수원시립미술관소장)

아들이 살아가게 될 새로운 세상을 미리 읽어낸 것은 물론, 그 새로운 세상에서 아들이 제대로 살 수 있도록 하기 위해서 목숨처럼 믿어온 사농공상의 유교이데올로기 교리마저 버린 것이다. 그녀가 볼 때 그 새로운 세상에서 유교이데올로기는 이미 폐기처분된 사상이었기 때문이다. 대신 그녀는 그 새로운 세상의 핵심을 이루는 기독교를 종교로서 받아들여 아들을 데리고 교회에 나간다. 이후 김우영의 삶은 어머니를 통해서 배운 유교이데올로기와 어머니를 따라 교회에 가서 배운 기독교의 교리, 이 두 의식 속에서 진행된다. 김우영과 어머니는 누구도 끼어들 수 없을 정도 강한 연대감으로 묶여 있었다.

그러므로 김우영이 시어머니와의 별거라는, 나혜석의 결혼 조건을 흔쾌히 받아들인 것은 나혜석을 향한 마음이 그 정도로 깊었던 방증이라고 할 수 있다. 아울러 나혜석과의 이혼을 말리는 어머니의 간절한 만류도 듣지 않고 이혼을 감행한 것 역시 나혜석을 향한 분노가 그 정도로 컸던 방증이라고 할 수 있다. 어쨌건 김우영은 세상을 앞서 읽어낸 어머니의 가르침과 뒷바라지 덕분에 구한말, 혼탁한 사회 분위기 속에서 뒤처짐 없이 변화에 빨리 적응한다. 어머니를 따라 교회에 다닌 덕분에 새로운 서구 문화를 흡수하는가 하면 경성의 기독교 청년회에서 세운 영어학교에 다니면서 영어를 배우며 당대 젊은 엘리트들과 교류할 기회를 얻는다. 그리고 기독교가 계기가 되어 도쿄대학 시절에는 기독교 사회주의 사상가이자 도쿄대 교수 요시노 사쿠조와 교류하게 된다.

요시노 사쿠조는 도쿄대 법학부 시험에 떨어진 김우영을 교토대 법학부에 추천해주었을 정도로 김우영의 능력을 인정하고 신뢰했다. 훗날 일본 정부가 정계 내부의 반발을 무릅쓰고 조선인 김우영을 안동현 부영사직에 임명할 때에도 요시노 사쿠조와 그 지인들의 힘이 크게 작용하였다. 3·1운동을 지지하고 식민지 지식인들에게 우호적이기는 했지만 그는 일본인이며, 일본 최고 학부인 도쿄제국대학 교수이자 일본을 대표하는 정치가이자 사상가였다. 그런 사람이 식민지 조선의 지식인 김우영을 이처럼 전폭적으로 신뢰하고 지지한 것을 보면 김우영의 사람됨이 그만큼 깊고 탄탄했던 것이리라.

> 그러나 대체로 보면 착하고 좋은 사람이외다. 누구든지 남보기를 자기 표준으로 하니까 남을 다 좋은 사람으로만 믿고 보는 사람이외다. 그러므로 간혹 가다가 남을 너무 믿는 까닭으로 안고 넘어질 때가 있습니다. 이 사람에게 큰 결점은 취미성이 박약한 것이외다. 그러나 남의 취미를 방해는결코 하는 사람이 아니오, 할 수 있는 대로 남의 개성을 존중히 여겨주는 것은 무엇보다도 미점으로 압니다.
>
> (나혜석, 「내 남편은 이러하외다」, 『신여성』, 1926. 6.)

부모의 전폭적인 지지와 애정 그리고 강력한 도덕성 교육을 함께 받고 성장한 사람들 대부분이 그렇듯이 김우영은 부드럽고

너그러우며, 타인에 대한 배려의 마음, 엄격한 자기 통제력을 지니고 있었다. 아울러 어린 시절부터 유교의 선비 정신과 기독교의 공리사상으로 마음을 채우고 있어서 공적 이익에 헌신하고자하는 마음이 강했고 사람을 대하는 데 깊이도 있었다. 혁명가의 열정과 감성은 없었지만 상황을 객관적으로 분석하는 힘이 강하며 합리적이었다. 안동현 부영사 시절, 일본 정부의 경고를 받으면서까지 조선인 혁명가 그룹인 의열단을 지원하기는 했지만 젊은이들이 폭탄을 짊어지고 자신들의 생명을 던지는 것에는 반대하는 입장이었다. 그는 근본적으로 최린처럼 투사이자 정치가가 될 수 없는 사람이었다. 이론가이자, 관료가 적합했다.

일본 정부 역시 그의 이런 성품과 자질을 주목하고는 안동현 부영사직을 맡긴 것이었다. 김우영이 안동현 부영사직에 임명된 1920년대 초반, 만주지역은 일본과 중국 간의 치열한 정치적 역학관계의 최중심지였다. 가난한 조선인 농민들이 이 지역에 대거 이주해 소작농으로 살면서 일본의 전위부대 역할을 담당하고 있었다. 그런데 조선인 이주민들이 만주 생활을 포기하고 다시 조선으로 돌아갈 우려가 높아지며 일본정부와 조선총독부는 골머리를 앓기 시작했다. 조선 농민들 입장에서는 농사 짓기 어려운 척박한 만주 땅, 중국인 지주와 중국인 소작농의 박해. 조선에서의 삶보다 결코 나은 것이 없으니 돌아가고 싶어지는 것이 당연했다. 문제는 중국 땅을 차지하고 있던 수많은 조선민들이 조선으로 돌아갈 경우, 일본과 중국 간의 힘의 역학 관계가 무너지는 것은 물론 조선 내 인구 팽창으로 식량문제가 발생하여 조선총독부의 식민통치 역시 큰 타격을 받게 된다는 점이었다.

일본 정부 측에서 볼 때도, 조선총독부 측에서 볼 때도, 만주 지역의 조선인들은 무슨 일이 있어도 만주 땅에 그대로 있어줘야 했다. 이를 위해서는 조선인의 상황을 잘 이해하고 그들을 다독여주는 것은 물론, 일본 측도 신뢰할 수도 있는 조선인을 부영사직에 임명하는 것이 최선의 방안이었다. 교토대 법대를 졸업하고, 합리적이며, 신의가 깊고, 균형감각을 지닌 김우영이야말로 최적의 인물이었다. 아내가 조선사회의 유명 인사 나혜석이라는 점도 플러스 요인이 되었다. 이런 시기, 요시노 사쿠조가 외무성의 지인을 통해 조선인 김우영을 추천하였고, 일본 정부는 이례적으로 법규를 바꾸는 수고를 감수하면서까지 조선인 김우영을 일본 제국의 외교관으로 임명한다. 이와 같은 일본 정부의 결단에 응답하듯, 김우영은 칠 년 간 안동현 부영사로 재직하면서 만주 지역의 조선인 이주민 문제를 매끄럽게 소화해낸다.

그렇다고 그가 일본 정부의 입장에 서서 가난하고 힘없는 조선인 농민 문제를 처리한 것은 아니었다. 그는 일본의 이익을 다소 해치더라도 기본적으로 조선인 농민의 편에 서서 문제를 해결했다. 일본 제국과 중국, 그 사이에서 온갖 박해와 피해를 당하는 조선 농민들의 권익은 권익대로 지키면서 일본제국의 이익도 적당한 선에서 지켜낸 것이다. 일본 정부가 원한 것이 바로 이처럼 원활한 해결이었다. 이와 같은 일 처리는 만주 지역 정세에 대한

포괄적이고 정확한 분석이 없으면 불가능한 일이었다. 아울러 조선 민족으로서의 정체성에 대한 분명한 인식이 없어서도 불가능한 일이었다. 여기에 더하여 조화와 화합의 태도로 분열과 반목을 넘어서려는 마음 없이는 이루어질 수 없는 일이었다. 김우영은 일본과 중국, 일본과 조선인 이주 농민, 조선인 이주 농민과 중국인 지주, 조선인 이주 농민과 중국인 소작인, 이처럼 복잡한 정치 관계 속에서 조선인 이주농민을 보호하며 일본 정부의 이익은 이익대로 지킨 것이다.

만주 지역 조선인 이주민 문제를 원활하게 해결해 준 공로를 인정받아서 김우영은 승진에 구미여행이라는 포상휴가까지 받는다. 외교관으로서는 말단직인 안동현 부영사의 자리에서 일본과 세계강대국 간의 군축회담이 열리는 스위스로 가서 영친왕 응대를 맡는다. 그 정도로 김우영에 대한 일본 정부의 신뢰가 깊은 것이었다. 김우영은 마음의 뿌리가 깊어서 자신의 정체성을 지키면서 자신에게 부과된 책임과 의무 역시 성실하게 이행하는 사람이었다. 일본 정부 입장에서는 개인의 욕망과 이익을 좇아 일본정부 편에 서는 수많은 조선 정치가들에 비해 김우영에게 깊은 신뢰가 가는 것은 당연했다. 이와 같은 그의 성품은 부부관계에서도 예외 없이 적용되었다. 그는 아내의 예술적 자질을 존중해서 할 수 있는 한 예술활동을 도왔다. 안동현 부영사 시절, 아내 나혜석에게 미술전람회 관련 신문기사를 보여주면서까지 작품 출품을 독려한 것은 물론 작품 제작에 필요한 비용으로 사용하라면서 지원금까지 준다.

김우영은 한결같은 사람이었고, 무리하지 않는 사람이었으며, 감정에 쉽게 흐르지 않고 합리적이며 객관적 태도를 지닌 사람이었다. 그래서 아내 나혜석의 일탈을 받아들이는 것이 더욱더 어려울 수밖에 없었던 것이리라. 김우영은 파리에 도착해서 군축회담에 참가한 일본, 영국, 미국 외교관들과의 리셉션, 영친왕 환영회 등 공무를 마친 후, 비로소 휴가를 즐긴다. 네델란드와 스웨덴을 둘러본 후 베를린으로 법 공부를 위해 떠난다. 그때 마침 최린이 파리에 도착한다. 최린은 김우영보다 여덟 살 위로, 일본 유학 기간이 겹치지는 않았으나 3·1운동을 함께 추진했을 정도로 친밀한 관계였다. 게다가 최린은 나혜석보다 열여덟 살이나 위이며, 세상 경험도 많은 사람이어서 김우영은 파리에 혼자 남게 되는 아내를 그에게 부탁한다. 두 사람 간에 연애사건이 일어나리라고는 한 치도 의심하지 않은 것이다. 그도 그럴 것이 유교윤리와 기독교 윤리를 함께 마음에 새기고 있던 김우영의 기본적 성품상, 그런 일은 꿈도 꿀 수 없었기 때문이다.

아내의 불륜으로 인해 김우영에게 꿈의 구미여행은 인생을 나락으로 이끄는 파멸의 여행이 되어버린다. 파리 체류 조선인 사이에 나혜석과 최린의 염문이 퍼져있던 만큼, 김우영 역시 베를린에서 이 소문을 듣고 있었다. 분노와 충격, 절망감을 다독이며 마지막 여행지 미국으로 건너가지만, 그곳에서 치명적 일을 당한다. 12월 31일, 재야 예배를 위해 방문한 조선인 교회에서 한 젊은 조선인에게 칼로 피습을 당한 것이다. '친일파 주제에 부끄러운 줄도 모르고 뻔뻔스럽게 미국까지 와서 조선인 사회 여기저기를 돌아다닌다'는 것이 이유였다. 조선인이면서 침략국인 일본제국의 외교관 노릇을 했으니 친일파라는 말을 들어도 어쩔 수 없는 일이기는 했다. 그러나 김우영으로서는 억울한 노릇이었다. 일본제국과 조선, 그 경계선상에 위태롭게 서있기는 했지만 조선인으로서의 정체성을 잊은 적이 없었다. 일본의 사법체계를 공부하여 변호사가 되기는 했지만 조선인 독립운동가 변호사로서 활동했고, 안동현 부영사 시절에는 일본의 이익을 다소 해치더라도 조선인 농민의 편에 서서 일을 추진했다.

> 중국 만주에 흩어져있는 많은 독립운동자들이 나로 말미암아 커다란 도움을 얻었던 것이다. 나는 이 독립운동에 대하여 우리 겨레로서 제 목숨을 돌보지 않고 폭발탄을 짊어지고 왜놈들을 몰래 죽이려 했다든지 그런 사건들에 대하여 나는 직접으로 관계를 피하였다. 나는 이런 사업에 힘쓰라고 젊은 청년들에게 별로 권하지도 아니하였고 이런 일들에 골똘한 청년들에게 이런 짓을 그만 두라고 말린 일도 아예 없었다. 그때 국경을 오고 감에 있어서 우리 독립운동자에게는 여간만 불편한 것이 아니었다. 나는 직접간접으로 이런 동포들에게 커다란 편리를 마련해주었다.(김우영, 『회고』, 신생공론사, 1954.)

목숨을 걸고 독립운동을 하지는 않았지만 그 나름대로는 최선을 다해서 조선인의 편에 서서 조선인을 도왔다. 그런 자신의 노력은 온 데 간 데 없고 뻔뻔스러운 친일파, 수치심을 모르는 친일파라는 이름만 남은 것이었다. 아내는 자신을 배반하고 다른 남자와 사랑에 빠져있었고 자신은 친일파라는 오명을 뒤집어쓰며 피습까지 당하고. 그동안 쌓아올린 삶이 한 순간에 허물어져 내렸다. 김우영은 자신의 신념, 의지, 노력 모든 것이 무화되는 극도의 절망감과 마주하게 된다. 그는 정직하고 성실하며, 책임감이 강했지만 노회한 정치력과는 거리가 먼 사람이었다. 충(忠)의 사상에 기반한 유교이데올로기와 기독교의 십계명을 마음에 담고 있는 사람이었다. 이러한 그의 성품이 예측을 벗어난 돌발적 상황에 직면했을 때는 오히려 독이 되고 있었다.

김우영은 미국행을 마친 후, 조선으로 귀국해서는 안동현 부영사직의 공직에서 물러난다. 조선인으로서는 예외적으로 일본제국의 외교관이 되어 일본외무성으로부터 공로패까지 받아 관료로서의 앞날이 문제될 것이 없었지만 사직서를 제출한다. 외무성 측에서 몇 번을 만류하지만 듣지 않고 사직서를 제출해버린다. 조선인 피습사건과 아내의 불륜으로 인해 공직자로서의 명예를 실추당한 만큼 공직에 있을 수가 없었던 것이다. 공적 삶의 자세는 어린 시절부터 쉼 없이 어머니로부터 들어온 것이었다. 김우영의 어머니는, 병이 위중한 자신을 간호하러 온 아들을 '공직을 소홀히 해서는 안 된다면서' 곧장 돌려보낼 정도, '대의(大儀)'를 중시한 사람이었다. 그런 어머니의 가르침과 대의를 중시하는 유교 이데올로기, 공적 이익을 중시하는 기독교 윤리, 김우영이란 인물은 이 의식의 조합에 다름 아닌 사람이었다. 공직에서 물러나는 것이 당연했다.

> 고백하건데 나는 나의 생모가 나혜석이라는 사실을 드러내지 않고 살아왔다. 그에 대한 화가 오랫동안 축적되었을 것이다. 어릴 때는 잘 몰랐다. 아버지는 원래 그렇게 세상만사를 흥미없이 살아가는 사람인 줄 알았다. 조금씩 철이 들면서 그게 어머니에게 받은 상처임을 알아채기 시작했다.
>
> (김진, 『그땐 그길이 왜 그리 좁았던고』, 해누리기획, 2009.)

물러난 후의 상황은 더 악몽이었다. 피습사건으로 인해 친일파로 공공연하게 소문난 탓에 돈을 끌어모아서 개업한 변호사 사무실은 경영난에 봉착한다. 여기에 아내 나혜석이 최린에게 보내려한 개인적 서한이 사람들에게 알려지면서 '은밀'하게 이야기되던 아내의 외도가 공공연한 일이 되어버린다. 아내의 외도를 결코 용서할 수 없었지만 귀국 후 넷째까지 낳은 상황이어서 그대로 덮고 가려고 하고 있었는데 아내 나혜석이 그 봉인을 스스로 풀어버린 것이었다. 조선사회 최고의 엘리트였던 김우영은 일순 조선사회의 웃음거리로 전락해버린다. 그는 자포자기한 듯 폭음과 여자로 하루하루를 보낸다. 그리고 나혜석과의 이혼을 결정한다.

아이들을 생각해서라도 이혼만은 안 된다는 어머니의 애절한 만류도 듣지 않는다. 아이들과 연로한 시어머니를 위해서라도 용서해달라는 나혜석의 반복되는 간청 역시 냉정하게 거절한다. 그 자신 법을 전공한 사람이었기에 외도에 대한 법적 책임을 묻겠다고 나혜석을 협박하여 이혼서류에 도장을 받아낸다. 잔혹하고 광포했지만 그가 받은 상처와 절망감의 정도를 고려하면 아무 것도 아니었다. 김우영은 이혼 후 곧 재혼을 감행하고, 나혜석과 아이들 간의 만남을 완전하게 차단하여 재결합 가능성에 대한 어떠한 여지도 남겨두지 않는다. 나혜석과 자신 간의 모든 문을 닫고, 흔적을 말끔하게 지워낸다. 나혜석을 향한 분노가 그 정도로 컸던 것이다. 그 분노는 삶을 마감하는 순간까지 계속된다.

8. 나혜석, 새봄 그날을 기다린다

소설가 염상섭은 나혜석이 죽은 후, 그녀를 회고하는 간단한 글을 남긴다. 이 글에서 그는 나혜석을 타산적이고 현실적인 사람이라고 언급한다. 김우영과의 결혼이 판단 근거이다. 사랑해서 결혼한 것이 아니라 생활의 안정을 보장해줄 '파트너'를 구해서 결혼했다는 것이다. 유학생활도 함께 하는 등 나혜석과 염상섭 간의 오랜 친분을 고려할 때, 참으로 악의적인 표현이며, 판단이다. 특히 '추도'의 글이라는 점을 감안하면 더욱 그렇다. 염상섭 말처럼 나혜석은 타산적이고 현실적이었을까? 결론적으로 말하자면 나혜석은 타산이라거나 현실이라는 용어와는 거리가 먼 사람이었다. 바보스러울 정도로 계산에 약했고, 바보스러울 정도로 정직한 사람이었다. 주변의 시선을 의식해서 상황을 조율할 줄도 몰랐다. 그래서 많은 부분 그녀는 사람들에게 자기중심적으로 비추어졌고, 실제로 그랬다. 타산적이고, 현실적이지 못한 성격은 그녀 삶을 파국으로 몰고 가는 한 요인이 되기도 했다.

나혜석은 언니와 여동생이 자산가와 결혼한 것과 달리 가난한

문과 유학생, 그것도 아내가 있는 최승구와 절절한 연애를 한다. 이 행동부터 비현실적이라면 비현실적이었다. 또한 김우영과 결혼하면서 요절한 연인 최승구의 묘지로 신혼여행을 가서, 비석을 세워달라고 부탁한 행위는 지나치게 비현실적이어서 그로테스크할 정도이다. 그러나 한발 물러서서 보면, 이 그로테스크한 행위의 기저를 이루고 있는 것 역시 정직성과 계산을 할 줄 모르는 비현실성이다. 결혼을 앞두고 상대 남성에게 예전 애인의 일을 그대로 밝히고 싶은 바보같은 여자가 세상 어디에 있을까만, 나혜석은 그렇게 한 것이다. 결혼 상대인 김우영에게 최승구와의 관계를 정직하게 밝히는 한편, 이미 죽은 사람이기는 하지만 최승구에게도 사랑의 언약을 지키지 못한 것에 대해서 양해를 구하고 싶었던 것이다. 자기중심적으로 보이는 그녀 행동의 이면에는 대부분 이처럼 정직성과 계산을 모르는 비현실적 성격이 있었다.

이 정직성은 타인과의 관계에서만 나타나는 것이 아니라, 자신의 감정에 대해서도 어김없이 발현되었다. 문제는 자신의 감정에 대해서 정직성이 작동하는 경우 자기 세계에 지나치게 몰입해 버려서 주변사람들에 대한 인지조차 없어져 버린다는 점이다. 그 결과 상식적으로 이해가 되지 않는 일을 자주 일으키는데 구미여행 귀국길의 선물과 관련한 사건 역시 이 연장선상에서 이해할 수 있다. 나혜석은 1929년 봄, 일 년 팔 개월의 구미여행을 마치고 귀국한다. 도착하자 곧 부산 동래의 시댁으로 가서 시어머니와 세 아이, 그리고 시댁 가족들을 만난다. 칠순 노모에게 세 명이나 되는 아이를 맡기고 여행을 떠난 것도 마음에 안 드는데 서너 개월 안에 돌아오겠다고 말하고서는 일 년 팔 개월이나 있다가 온 탓에 시누이들과 시댁 친척들은 분노가 극에 달해있었다. 이 분노에 불을 지른 것이 선물 사건이었다.

신기해하는 집안사람들 앞에서 나혜석이 구미 여행에서 바리바리 사들고 온 짐을 푸는데 그림 도구, 화첩, 그림엽서 등 그림 관련 자료들만 있고 응당 있을 것으로 예상된 시어머니, 두 명의 시누이를 비롯한 시댁 식구들의 선물이 하나도 없었던 것이다. 시삼촌, 시누이들은 그렇다고 쳐도 시어머니, 그것도 이 년에 달하는 기간 동안 세 아이를 돌봐준 칠순 노모 선물을 잊어버렸다는 것은 있을 수가 없는 일이었다. 시어머니와 죽은 아내에게서 난 딸과의 별거를 결혼 조건으로 내세웠던 탓에 그렇잖아도 나혜석에 대한 시댁 식구들의 감정이 좋지 않았다. 게다가 세 명이나 되는 아이들을, 모시지도 않고 있던 노모에게 맡기고 여행을 따라나서겠다고 했을 때는 시누이들이 들고 일어나서 반대하기까지했다.

이처럼 곤란한 상황에서 나혜석을 지지해준 것이 시어머니였다. 시어머니는 신여성 며느리의 어이없는 결혼 조건을 흔쾌히 받아들여 결혼 후 일 년간만 아들 내외와 살다가 고향으로 내려간 것은 물론 구미여행 때에는 여자도 세상을 돌아봐야 한다면서 나혜석의 동반여행을 반대하는 집안의 여론을 단번에 무마시켜준 사람이었다. 마음에 들지 않는 며느리였지만 아들을 위해서 참고 며느리를 지지해준 그런 시어머니의 선물조차 사오지 않은 것이다. 물론 나혜석은 적당한 물건이 없어서 조선으로 돌아와서 사려던 것이 때를 놓쳤다고 변명하고는 있지만 상식에서 벗어나도 한참을 벗어난 행동이었다. 이혼의 과정을 돌아보는 글에서 나혜석이 이 사건을 다시 언급하였을 정도로 이 사건이 일으킨 풍파가 컸다.

이처럼 비상식적이며 이해 불가능한 나혜석의 행동도 어찌 보면 '정직성'과 깊이 연관되어 있었다. 여기에서의 정직성이란, 자신의 감정에 대한 정직성을 의미한다. 나혜석은 김우영의 오랜 구애를 받고 결혼한다. 최승구의 죽음으로 인해 '정신적 광란'상태에 빠져있던 자신을 돌봐준 것이 고맙고 그의 행동에 신뢰감이 가기는 했지만 마음의 결단이 서지 않아 주저하고, 주저하던 나혜석을 김우영이 변함없이 기다려준 결과였다. 현실적으로 나혜석에게 합당한 결혼 상대를 찾는 것도 어려웠다. 일본유학을 한 조선 엘리트 남성들은 거의 대부분 당시 조선의 혼인풍습에 따라 조혼을 해서 아내가 있었기 때문이다. 집안이 좋은 남성일수록 더욱더 그랬다.

김우영은 나혜석에 비해 나이도 많고, 사별한 흠이 있는 데다가 재력도 없어서 결혼 상대로서 썩 좋은 것은 아니었지만 그렇다고 썩 나쁜 것도 아니었다. 나혜석 본인 역시, 조선 유학생 사회를 떠들썩하게 한 연애를 해서 그 연애사가 이미 소문나 있었기 때문이다. 김우영의 헌신적 구애를 받고 결혼을 결정하기는 하지만 막상 결혼하고 보니 생활이 녹록치 않았다. 김우영은 부산 동래, 말하자면 지방의 몰락한 양반가문의 유복자로 태어나 홀어머니 아래에서 성장한 사람이었다. 김우영이 태어날 무렵 많았던 재산은 일가친척이 들러붙어 빼먹는 바람에 바닥이 나서 어머니가 바느질로 자식들 뒷바라지를 할 정도로 가난했으며 결혼 때에도 그 상황이 계속되고 있었다. 게다가 두 명의 시누이 모두 근대교육은 문 앞도 못 가본 사람들로, 그중 하나는 결혼 후 곧 남편이 죽어 친정 옆에 살면서 온갖 참견을 해대고 있었다. 말하자면 김우영은 속된 말로 개천의 용으로, 집안사람들이 모두 그에게 의지하고 있었다.

나혜석은 달랐다. 그녀는 수원을 관할하고 있던 집안 중의 하나인, 전통 깊은 양반가문 나주 나씨 집안의 딸이었다. 그녀는 나주 나씨 집안의 왕국과 같은 수원에서 집안에서 세운 근대적 학교에 가서 근대적 교육을 받고, 일본유학까지 다녀온 사람으로 전통적 유교이데올로기를 마음에 익힌 일반적 여성들과는 의식부터 달랐다. 오빠들과 여동생까지 당시 조선에서는 드물게도 일본유학까지 한 엘리트였고 외할아버지는 신사유람단 수행원으로 일본을 다녀온 사람이었다. 부유함 속에서 자라 경제관념을 지닐 계기도 없었다. 집 안에 일하는 사람들이 많아서 노동을 할 필요도 없었다. 언니와 여동생 역시 수원지역의 자산가 집안에 시집가서 넉넉한 삶을 누리고 있었다. 근대교육을 받고 경제적으로 넉넉했기에 형제들의 관심은 항상 사회개조를 향해있었다. 나혜석은 그런 세계에서 성장하고 살아온 사람으로서 김우영의 가족과는 사는 세계부터가 달랐다.

그러므로 처음부터 김우영의 가족들, 예를 들자면 두 명의 시누이, 삼촌들, 일가 친척들과는 접점을 찾을래야 찾을 수가 없었다. 특히, 김우영의 전처가 전통적 여성으로 시댁 어른들을 헌신적으로 모신 탓에 김우영의 가족들은 이미 그런 '며느리상'에 익숙해져 있었다. 나혜석은 김우영과 결혼한 순간 이 이질적 세계의 사람들을 자신의 가족으로 받아들이게 된 것이었다. 그러나 그렇게 하기에는 나혜석 자체가 세상 경험도 세상에 대한 이해의 정도도 얕았다. 그녀는 부잣집 딸로 성장한데다가 일본 유학에서 일본의 '신여자'들이 주창한 여성 해방사상의 영향을 받고 그들의 의식을 하나의 종교처럼 마음 깊이 새기고 있는 사람이었다. 그런 나혜석과 김우영의 가족 간의 거리는 일본과 조선 간의 거리 이상으로 멀었다. 김우영의 어머니는 아들에 대한 애정이 있어서 이 거리감을 이해하고 견뎌내었지만, 다른 시댁 식구들이 그렇게 해줄 리는 없었다.

그렇다고 나혜석이 세상 경험이 많아서 인내심이나 타인에 대한 배려가 깊은 것도 아니었다. 그녀는 명문가의 '아가씨'로 성장하여 기본적으로 자기중심성이 강한데다가 일본유학을 거치면서 조선 최고 지성인이라는 오만함까지 덧붙여 가지고 있었다. 어떤 의미에서는 '부잣집 아가씨'여서 세상 물정을 몰랐기에, 가난한 집 아들에 홀어머니까지 모셔야 하는 김우영과의 결혼을 결정했다고도 할 수 있다. 시어머니는 비록 근대적 교육을 받지는 못했지만 인품을 지닌 사람인데다가 남편의 어머니여서 어떻게 받아들인다고 하더라도 무지하고 무례한 시누이와 시삼촌들까지 받아들이기는 쉽지가 않은 일이었다. 받아들이기는커녕 나혜석은 그들을 무시하고 싫어했다. 구미여행 선물사건은 이런 나혜석의 감정이 정직하게 반영된 결과였다.

나혜석 판단에 프랑스, 독일, 스위스가 어디에 붙어 있는지도 모르는 시댁 식구들에게 굳이 서양 물건을 사다 줄 필요가 없었던 것이다. 그냥 조선에서 그럭저럭 괜찮은 것 하나 사서 주면 충분한 것이었는데 무슨 이유에서인지 그조차도 잊어버린 것이다. 어떤 상황에서도 이해해받기 어려운 비상식적인 행동이었지만 비현실적일 정도로 정직했던 나혜석의 성격을 감안하면 이해가 되지 않는 것도 아니다. 기본적으로 시누이와 시삼촌들이 싫은데 좋은 척을 할 수도 없고, 굳이 좋은 척을 해야 할 정도로 그들이 자신에게 중요하거나 가치있는 사람들이냐 하면 그렇지도 않았다. 이처럼 나혜석은 타협할 줄도, 자신에게 불리하지 않게 상황을 조율해서 보일 줄도, 상대를 배려해서 자신의 감정을 죽일 줄도 모르는 사람이었다. 그녀 삶의 비극성은 상당부분 이와 같은 기질 때문에 일어난 것이었다.

> 조선에서의 나의 생활은 어떠하였나. 깎았던 머리를 부리나케 기르고 깡뚱한(아랫도리가 드러날 정도로 짧은) 양복을 벗고 긴 치마를 입었다. 쌀밥을 먹으니 숨이 가쁘고 우럭

우럭 취하였다. 잠자리는 배기고, 널어선 것은 보기 싫었다. 부엌에 들어가 반찬을 만들고 온돌방에 앉아 바느질을 하게 되었다.

시가 친척들은 의리(誼理)를 말하고 시어머니는 효도를 말하며, 시누이는 돈 모으라고 야단이다. 아, 내 귀에는 아이들이 어머니라고 부르는 소리가 이상스럽게 들릴 만치 모든 지난 일은 기억이 아니 나고 지금 당한 일은 귀에 들리지 아니하며 아직 깨지 아니한 꿈속에 사는 것이었고, 그 꿈속에서 깨어보려고 허덕이는 것은 나 외에 아무도 알 사람이 없었다.(나혜석, 「아아, 자유의 파리가 그리워」, 『삼천리』, 1932. 1.)

그렇다고 나혜석이 며느리로서의 역할을 완전히 방기한 것은 아니었다. 그녀는 김우영과 결혼한 이후 비록 모시고 살지는 않았지만 나름대로는 시어머니에게 최선을 다했다. 많지 않은 남편 월급을 절약하여 매달 부산의 시어머니 생활비를 보내드린다. 세 아이 양육에 미술활동을 하면서 시어머니 생활비까지 보내드리는 것이 쉬운 일은 아니었지만 나혜석은 구미여행 전까지 계속 그렇게 한다. 다행히 시어머니 역시 알뜰한 성품이어서 아들 내외가 보내준 돈을 절약해서 아들 명의의 땅을 장만한다. 나름 균형감 있게 유지되던 시댁과 나혜석 간의 관계가 파탄에 이른 것 역시 구미여행 이후이다. 구미 여행에서 돌아와서 나혜석은 여행 경비를 위해 집을 팔았기에 어쩔 수 없이 동래의 시댁에서 세 아이와 함께 머문다. 그렇지 않아도 여행경비를 과다하게 지출한데다가 김우영이 일본 측의 복직요청을 거절하고 갑자기 변호사 사무실을 개업하는 바람에 계획에 없던 돈이 들어가면서 경제적으로 힘들어지게 된다.

이 상황에서 타지에 살던 시삼촌 가족이 장조카인 김우영을 의지해서 돌아오고, 이어서 생활이 어려운 둘째 시삼촌 가족 다섯 명이 또 시댁에 들어오며, 김우영과 나혜석은 이들의 생활비는 물론 조카의 학비까지 떠맡게 된다. 이들은 오래전 시아버지가 돌아가신 후 시어머니에게 빌붙어 재산을 축낸 바로 그 사람들이었다. 여기에 인근에 사는 시누이들의 간섭까지 더해지면서 나혜석은 생애 한번도 겪어본 적 없는 상황에 직면한다. 유럽과 미국의 근대적 가정과 근대적 삶의 양식을 둘러보고 온 참이어서 이와 같은 조선, 특히 시골의 비합리적인 가족 관계가 더욱더 이해가 되지도 않았고 참아낼 수도 없었다. 아내의 외도에 마음을 닫은 남편 김우영이 사무실 개업을 핑계삼아 서울에서만 머물면서 나혜석은 철저하게 고립되어 갔다.

기 자: 파리에서 우리 조선 사람을 더러 만났습니까.

나혜석: 여러분 만났습니다. 우선 선생과 한 교회에 계신 최린 선생도 거기에서 만났었습니다. 그는 배경이 좋으시고 평소부터 내국(內國)에 신망이 많으시기 때문에 도처

에 대환영을 받으셨습니다. 아마- 근래 우리 조선 사람으로서 외국에 유람 중에 내외국인에 큰 대우를 받으신 이는 그만한 이가 없을 것 같습니다. 나도 퍽 흠선(欽羨)하였습니다. 가시거든 안부하여 주십시오.

(일기자, 「구미만유하고 온 여류화가 나혜석씨와 문답기」, 『별건곤』. 1929. 8.)

그녀 삶을 파국으로 이끈 사건, 최린에게 경제적 도움을 요청하는 편지를 쓴 것이 바로 이때였다. 진흙탕 같은 현실에서 벗어나기 위해서는 돈이 필요하기도 했지만 편지를 쓴 것이 돈 때문만은 아니었다. 너무 힘들고 외로워서 위로와 지지가 절실하게 필요했다. 최린이라면 그 위로와 지지, 그리고 경제적 지원을 해줄 것이라고 믿었다. 그녀는 여전히 최린을 사랑하고 있었고 자신의 마음이 변함없는 것처럼 최린의 마음 역시 변함이 없을 것이라고 믿고 있었다. 그녀의 몸은 조선으로 돌아와서 현실 속에 있었지만 그녀의 의식은 일 년 전 최린과 함께 머문 파리에서 한 발짝도 움직이지 않고 그대로 있었다. 조선에서의 현실이 가혹하면 가혹한 만큼 파리에서의 날들에 대한 열정, 집착은 강해져 갔다.

안타깝게도 1927년 가을과 겨울의 파리, 그곳에 마음이 머물고 있는 것은 나혜석 뿐이었다. 최린은 나혜석과의 일은 그 시절의 파리에 묻어두고 이미 현실로 돌아와 있었다. 그는 수십만 천도교인을 이끄는 지도자이자 일본 제국과 손잡고 조선의 미래를 구상하는 정치인이었다. 나혜석이 끼어들 틈은 그 어디에도 없었다. 그 은밀한 편지를 직접 전하지 않고 중간 사람에게 전달을 부탁한 탓에 편지가 최린에게 전해지기도 전에 이미 편지와 관련한 이야기가 사람들에 입에 오르내리고 있었다. 최린은 인생을 건 정치적 계획을 추진하고 있던 때여서 추잡한 스캔들에 말려들어서는 안 되는 상황이었다. 그러니 나혜석을 향한 애정의 유무와 무관하게 나혜석에게 답할 리가 없었다. 더할 나위 없이 냉혹하고 잔인한 선택이었지만 그는 그렇게 했다.

마침내 '편지사건'으로 인해 풍문으로 떠돌고 있던 이야기가 사실이 되어버리고 김우영이 이혼을 요구하고, 나혜석은 버티다가 이혼서류에 도장을 찍는다. 나혜석은 서류에 도장을 찍고도 두 달 정도 동래 시댁에서 적대적인 시누이, 시숙들과 함께 지낸다. 경제적 여유가 없어서 아이들과 함께 몸 둘 곳을 찾을 수도 없었기 때문이다. 극심한 스트레스로 수전증이 생기며 몸도 마음도 피폐해져 갔다. 지옥같은 상황에서 벗어나 잠시라도 쉴 곳이 필요했다. 그런 그녀에게 손을 내밀어 준 것은 역시나 오빠 경석이었다. 중국 봉천에 머물고 있던 경석이 마침, 그 시기 제사때문에 경성에 와 있어서 경석을 따라 봉천으로 가서 쉬면서 그동안 써둔 원고를 정리하며 시간을 보낸다. 그림에 집중할 수 있을 정도의 심리상태는 아니었다. 나혜석은 시간이 지나면 김우영이 마음을 풀 것이라고 기대하고 있었다. 김우영이 비록 홧김에 이혼을 하기는 했지만, 네 명이나 되는 아이가 있으니 결국에는 자신을 받아들일

사진 20 | 이혼직전 네 아이들과 찍은 사진
(1930)(수원시립미술관소장)

것이라고 생각하며 기다린다.

그런 기대와 달리 김우영은 갑작스러운 재혼을 감행하여 나혜석과의 관계를 완전하게 끝내고는 자신과 아이들의 삶에서 나혜석을 몰아 내어버린다. 나혜석으로서는 생각지도 못한 일이었다. 모든 일이 순식간에 벌어졌고, 정신 차려 보니 벼랑 끝에 서있었다. 급한 마음에 김우영에게 재산분할을 요구하지만 이 역시 받아들여지지 않는다. 구미여행에 상당한 돈을 쓰고 남겨둔 돈은 변호사 사무실 개업에 써버려서 김우영 입장에서는 주려고 해도 줄 돈도 없는 상황이었다. 나혜석은 맨몸으로 쫓겨난 것이었다. 억울했지만 이혼의 귀책사유가 자신에게 있었던 만큼 이의를 제기할

사진 21 | 일본에서 개최된 제12회 제국미술전람회 입선작 「정원」(그림은 파리에서 체류할 때 그려둔 것임)조선미술전람회에도 출품하여 특선됨(조선미술전람회도록 10, 경인문화사, 1982).

수도 없었다. 살아갈 방법을 찾아야 했지만 중년 여자, 그것도 불륜으로 이혼당한 엘리트 여자에게 합당한 일자리는 없었다. 조선 전체가 불황이어서 고등교육을 받은 남자들도 일자리를 찾지 못하고 있던 때였다.

나혜석은 이제 더는 조선 최초의 여류화가도, 존경받는 신여성도, 부영사 사모님도 아니었다. 불륜으로 이혼당한 중년 여자에 불과했다. 그녀를 지지해줬던 많은 사람들이 그녀의 불행을 호기심 가득한 눈으로 보면서 그녀가 무너지는 때를 기다리고 있었지만, 나혜석은 그런 시선 따위 개의치 않고 재기를 위한 준비에 들어간다. 『조선미술전람회』에 그림을 출품하여 「정원」이 특선에, 「나부」, 「작약」이 입선한다. 그림에 인생을 걸어보라는 오빠의 조언에 따라 일본의 제국미술전람회에 그림을 출품해보기로 결정하고는 출품 준비를 위해 금강산으로 간다. 그림을 팔고, 물건을 저당잡혀서 경비를 마련한다. 다시 한번 삶과 맞서보기로 결심한 것이다. 놀라운 생명력이었다.

- 역경에 처한 자의 요령은 노력이외다. 번민만 하고 있는 동안은 타임은 가고 그 타임은 절망과 파멸밖에 갖다주는 것이 없나이다. 나는 우선 제전(帝展)에 입선될 희망을 만들었나이다.

- 사람은 남자나 여자나 다 힘을 가지고 납니다. 그 힘을 사람은 어느 시기에 가서 자각합니다. 아무라도 한 번이나 두 번은 다 자기 힘을 자각합니다. 나는 평생 처음으로 자기 힘을 의식하였나이다. 그때에 나는 퍽 행복스러웠나이다.

(나혜석, 「이혼고백장」, 『삼천리』, 1934. 9.)

이십 대 초반, 인생의 연인 최승구의 죽음 후 덮친 정신의 광란 속에서도 살아남은 나혜석이었다. 그러나 이번은 그때와는 달랐다. 그때는 자신을 뒷받침해줄 부모가 있었고, 부모의 경제력이 있었고, 무엇보다 젊었다. 그래서 재기의 여지가 있었지만 이번에는 돈도, 정신적 지지도, 젊음도, 그 무엇도 없었다. 여기에 불륜녀라는 낙인까지 찍혀있었다. 치명상을 입은 것이었다. 그녀는 일단 금강산에 머물면서 수십 점의 그림을 그리고, 그 그림을 가지고 오빠 경석이 있는 봉천으로 가서 경석의 도움을 받아 전시회를 개최한다. 강하고 명민했지만, 언제나 누군가의 보호 아래 있으면서 누군가의 말로 자신의 내면을 대신해온 나혜석이었다. 일본 유학시절에는 일본 신여자들의 가르침이, 조선에 돌아와서는 오빠의 가르침과 남편의 말이 그녀 삶을 채웠다. 이제는 아무도, 아무

것도 없었다. 오로지 혼자서 결정 내리고, 내면에서 들려오는 자신의 말을 듣고 혼자서 삶을 헤쳐나가야 했다.

전시회를 마친 후, 부산을 통해 도쿄로 가서 제국미술전람회에 그림을 출품한다. 출품작은 파리 체류 중에 그려둔 것으로 그녀 인생의 가장 아름다운 시절이 그 그림 속에 있었다. 그 그림으로 조선인으로서는 힘든, 일본 제국 최고의 미술전, 제국 미술전람회에 입선하여 언론의 찬사를 한 몸에 받는다. 많은 사람들이 그녀의 몰락을 예측하고 있었지만 나혜석은 포기하지 않고 일어선 것이었다. 그녀를 비춰주던 모든 후광-수원 나주 나씨 집안의 딸, 일본 유학을 다녀온 엘리트 신여성, 청년 지식인들의 구애를 받던 히로인, 엘리트 외교관의 아내가 사라져 버린 대신 그녀 자신이 빛이 되고 있었다. 태어나서 처음으로 자신이 그처럼 갈구하던 인간으로서의 '자립'을 이루어낸 것이었다.

무엇이 이처럼 강인한 생명력을 그녀 내면에서 끌어낸 것일까. 이 무렵 여성에게 가혹한 조선의 보수적 분위기 속에서 새로운 시대를 꿈꿨던 여자들 대다수가 무너져갔다. 김명순은 정신의 병을 앓으며 일본과 조선을 오가고 있었고, 김일엽은 불교에 귀의하였다. 그렇지만 나혜석은 버텼다. 파리로, 일본으로 가고 싶다고 말은 했지만 일본으로 도망가지도, 종교로 도망가지도 않았다. 수전증으로 손이 흔들렸지만 쉬지 않고 그림을 그리고 글을 쓰면서 강하게 버텼다. 그녀를 그처럼 버티게 한 힘이 무엇인지 정확하게 규정할 수는 없다. 네 아이를 향한 모성일 수도 있고, 정신의 기반이 되어온 수원 나주 나씨 집안의 후손으로서의 자긍심일 수도 있고, 어쩌면 이 둘을 합한 것일 수도 있다.

외부로부터 엄청난 힘이 그녀를 강타했지만 그녀의 마음과 정신은 버텨내고 있었다. 제국미술전람회 입선을 계기로 전업작가로서 살아갈 수 있을 것이라는 자신감을 가진다. 실제로 그림도 팔리기 시작했다. 놀라운 정신력이며 생명력이었다. 그러나 나혜석이 버티면 버틸수록 그녀를 밀어내려는 조선사회의 힘은 더욱 더 강해졌다. 게다가 운도 따라주지를 않았다. 제국 미술전람회를 겨냥하여 다시 금강산으로 들어가서 그림을 그리지만 화재로 그림 대부분을 잃는다. 그래도 포기하지 않고 이번에는 경성의 종로에 여성미술학원인 '여자미술학사'를 연다. 자신이 다닌 일본최초의 여자전문미술교육기관, 여자 사립미술학교를 본 딴 것이었다. 규모면에서 비교도 되지 않는 작은 사설미술학원에 불과했지만 여성의 자립이라는 나혜석의 오랜 신념과 이상이 거기에는 들어있었다. 유화, 수채화, 연필화 등 서양미술 전 영역을 가르쳤으며, 학원 개원 기사가 신문에 나기도 한다.

불황의 조선 사회에서 딸에게 미술을 배우게 할 정도로 여유가 있는 집도 없었지만 혹시 있다고 해도 '부도덕한 여자'로 낙인이 찍힌 나혜석이 가르치는 학원에 딸을 보낼 부모는 없었다. 그러니 학원이 제대로 될 리가 없었다. 겨울에도 난로를 피우지 못해 학원의 실내는 추웠고 그 추운 곳에서 수전증으로 왼팔이 자유롭지 못한데도 나혜석은 돈을 벌기 위해서 사람들 초상화를 그려주는 일을 맡아서 한다. 조선 최초의 여성 화가로 제국미술전람회 입선까지 한 그녀 이력을 생각하면 참담한 현실이었다. 그래도 나혜석은 묵묵히 견디면서 화가로서의 자신도, 작가로서의 자신도 포기하지 않고 삶을 이어간다. 조선으로 돌아와 낳은 넷째는 아직 엄마 손길이 필요했지만 김우영이 아이들과의 만남을 금지하고 있어서 만날 수도 없었다. 어느 때보다도 강한 열정과 의지로 현실을 버텨내고 있었던 만큼 그 어느 때보다도 위로와 지지가 필요했다.

이처럼 힘든 현실 탓이었을까. 나혜석의 의식은 현재를 떠나 조금씩 과거로 돌아가고 있었다. 요절한 애인 최승구, 일본 유학 시절 그녀를 흠모한 일본 화가, 그리고 소학교 시절의 남자 동기생을 회상하는 글을 발표하고, 『구미여행기』를 잡지에 연재한다. 그 시절의 그녀는 빛났으며 많은 남성의 히로인이었고, 사람들로부터 사랑을 받았다. 떠올리는 것만으로도 행복한 시절이었다. 특히 구미여행은 파리의 기억을 담고 있는 절정의 시기였다. 이 시절을 회상하는 글이 여전히 따뜻하고 즐거운 것을 보면 나혜석은 안타깝게도 여전히 최린의 마음을 믿고 그로부터의 연락을 기다리고 있었던 것이다. "이혼하고 혼자가 되었으니 최린이 연락해줄 것이다"라던, 오빠 경석의 판단도 나혜석의 이 비현실적 기다림에 한몫했다.

실질적으로 봐도 최린과의 연애로 한순간에 모든 것을 잃은 나혜석이 유일하게 기댈 곳은 최린밖에 없었다. 그는 돈과 권력,

모두 갖고 있어서 마음만 먹으면 나혜석을 진흙같은 현실 속에서 충분히 구해줄 수 있는 사람이었다. 그러나 최린은 그렇게 하지 않았다. 그렇게 하지 않았을 뿐만 아니라 나혜석의 고통을 보고도 외면하였다. 엄밀히 말해서 나혜석 혼자서 불륜을 저지른 것도 아니었다. 최린도 아내가 있는 상황에서 나혜석과 연애관계로 들어갔으므로 공동책임이 있었다. 그럼에도 최린은 나혜석의 불행을 외면하고 조선사회는 나혜석에 대해서만 가혹할 정도로 책임을 묻고 있었다. 그 누구도 최린을 비난하지는 않았다. 최린은 비윤리적인 행위로 비난을 받기는커녕, 오히려 정치적으로 승승장구하고 있었다. 일부다처제가 용인되던 조선사회가 최린을 철저하게 보호해주고 있었던 것이다.

물론 가정을 두고 다른 남자와 사랑에 빠진 나혜석의 행동은 비난받아 마땅했지만 그렇다고 해도 그 비난의 정도는 극심했다. 이 극심한 비난은 단지 불륜 행위때문만은 아니었다. 나혜석은 가부장적이며, 남성주의적 조선 사회에 긴 세월 동안 반기를 들어온 사람이었다. 나혜석이 내뱉어온 여성의 자립과 관련한 발언, 예를 들자면 여성의 성적 자율성, 낙태 허용, 남성의 정조 등의 과격한 발언으로 인해 위기를 느끼고, 불쾌한 사람이 조선 사회에 한둘이 아니었다. 그녀의 발언과 주장은 전통적 사상을 지닌 남성, 근대적 교육을 받은 남성, 그리고 전통적 교육을 받은 여성 등 조선에 사는 대다수 사람을 불편하게 하고, 불쾌하게 만들었다. 이처럼 누적된 불쾌감과 반감이 불륜 사건을 계기로 걷잡을 수 없이 터진 것이었다. 나혜석은 조선사회의 역린을 건드린 것이었다. 변함없는 후원자이자 지지자였던 오빠 나경석까지 그녀에게 등을 돌렸다.

> 그런데 불행히도 어머니는 절제를 인간적이지 못한 비겁함과 동일시하는 성숙되지 못한 시각을 가졌다. 아니 어쩌면 절제라는 덕목은 그나마 가진 자, 선택의 여지가 있는 자의 것인지도 모르겠다. 밀리고 밀려서 오기만 남은 똑똑한 신여성의 결단은 용기나 만용의 차원으로는 해석될 수 없을터이다. 그리하지 않고는 도무지 억울해서 살 수 없었던 필사의 몸부림은 아니었을까.(김진, 『그땐 그 길이 왜 그리도 좁았던고』, 해누리기획, 2009)

조선사회가 그녀를 내몰면 내몰수록 나혜석은 엇나간 아이처럼 역방향으로 질주했다. 그녀는 최린을 상대로 소송을 제기한다. 죄목은 혼인빙자간음죄. 자신이 조선사회로 결코 돌아갈 수 없도록 만들어버린 것이었다. 나혜석은 사랑을 저버린 최린에게 지쳤고, 자신의 불행을 관망한 것도 모자라 재미거리로 삼은 친구들에게 지쳤고, 자신을 사회 밖으로 몰아내기에 급급한 조선사회에 지친 것이었다. 그녀에게 조선은 이미 살 수 없는 사나운 곳이 되어 있었다. 떠날 돈을 마련하고 조선사회와의 통로도 완벽하게 막아버리는데 있어서 최린을 상대로 한 고소야말로 유일의, 최적의 방안이었다. 최린의 정치적 중요성을 고려해서 일본 측에서 언론 보도를 막은 탓에 생각한 만큼 최린을 웃음거리로 만들지 못했지만 돈은 받아낸다. 받은 돈이 목표한대로 파리로 가서 생활하기에 충분하지는 않았지만 파리 도착 이후의 일은 그 다음에 생각하면 되는 것이었다. 파리가 멀면 일본이라도 건너가면 되는 일이었다. 그러나 나혜석은 조선에 남는다. 자기 스스로 사회와의 소통의 통로를 닫아버린 그곳에 남는다. 아이들이 그곳에 있었기 때문이다.

9. 나혜석의 봄은 왔을까

꽃은 지더라도 또 새로운 봄이 올 터이지. 그것이 기다리는 불가사의가 아니라고 누가 말을 할까. 그날을 기다린다. 그날을 기다린다.(나혜석, 「독신여성의 정조론」, 『삼천리』, 1935. 10.)

나혜석은 이혼하고도 한동안 동래 시댁에 아이들과 머물면서 살뜰하게 아이들을 보살핀다. 첫 딸 나열이 여덟 살, 아들 선이 일곱 살, 셋째 진이 여섯 살, 그리고 귀국 후 낳은 건이 두 살이었다. 아이들을 앉혀놓고 책을 읽어주는가 하면, 노래를 가르쳐주고, 맛있는 것을 해 먹이면서 함께 시간을 보냈다. 그것이 아이들과 함께 보낸 마지막 시간이었다. 집을 나온 이후부터는 김우영이 아이들과의 만남을 금지해서 만날 수가 없었다. 막내 건은 너무 어려서 어머니에 대한 기억이 없다고 해도, 나머지 세아이들은 어머니의 냄새와 목소리, 어머니의 자리를 기억하고 있었다. 아이들은 어른들이 말하는 윤리, 도덕과는 먼 세계 속에 있어서인지 '어머니'는 언제나 '어머니'일 뿐이었다.

게다가 나혜석이 나쁜 어머니도 아니었다. 최린과의 사건을 제외하면, 최선을 다해 아이들을 보살핀 따뜻한 어머니였다. 만주 안동현 시절, 외교관 남편의 직업상 수없이 들이닥친 손님들, 그림 그리기, 글쓰기를 하느라 쉴 틈이 없었지만 아이들만은 빈틈없이 보살핀 나혜석이었다. 최린을 상대로 한 재판 과정에서 첫 관계의 장소와 날짜까지 모두 밝혀지는 수모를 당하면서까지 거액의 위자료를 받아내고도 파리나 일본으로 가지 않고 아이들이 있는 조선에 남은 나혜석이었다.

아이들이 있고 그림을 그릴 수 있으면 얼마든지 재기할 수 있다고 믿고 있었다. 그러나 운(運)은 나혜석을 따라주지 않았다. 힘들게 그린 수십 점의 그림이 갑작스러운 화재로 불에 타버린 것은 참을 수 있었다. 어렵게 문을 연 여자미술학사에 학생들이 모이지 않는 것도 참을 수 있었다. 그림은 다시 그리면 되는 것이고, 여자미술학사는 굳이 운영하지 않아도 상관없는 것이었다. 거듭되는 고난 속에서도 나혜석은 버티고 또 버텨냈다. 그렇게 온 힘을 다해서 버티고 있던 그 무렵 둘째 선이가 폐렴으로 급사해버린다. 겨우 열두 살이었다. 원래가 몸이 약한데다가 항상 엄마를 찾던 아이였다. 위태로운 삶 속에서 그녀를 지탱시켜주고 있던 두 개의 축, 그림과 아이들 중, 하나의 축이 무너져내린 것이었다.

이혼 소동으로부터 사 년이 지난 때였다. 사 년 동안 쉴 새 없이 퍼부어진 조선 사회의 비난과 조소, 그녀를 조선에서 몰아내려 한 조선 사회의 잔혹한 의도 속에서도 쉼 없이 그림을 그리면서, 아이들이 있는 그 땅에서 포기하지 않고 자신의 삶을 살아갔다. 한순간도 삶을 포기하지도 않았고 포기하려고 하지도 않았다. 빛이 보이지 않는 삶 속에서 매 순간순간 그녀는 온 힘을 다해서 자신의 봄을 만들어내며 그렇게 삶을 이어갔다. 가능한 한 지나간 과거를 돌아보지도, 그렇다고 오지도 않은 미래를 앞서 보려 하지도 않았다. 과거에 사로잡혀 후회할 시간도, 미래를 돌아보며 두려워할 시간도 없었기 때문이다. 과거를 돌아보려고 하면 다시 자신을 곧추세워서 오로지 현재를 살았다. 그러나 아들 선의 죽음은 그녀에게 후회스러운 과거를 돌아보게 하고 공포스러운 미래를 보도록 하였다. 심연과 같은 어둠과 마주한 것이었다. 힘들게 버티고 있던 나혜석의 몸과 정신이 한번에 허물어지는 것은 당연한 일이었다.

오랜만에 보내온 딸 나열의 편지에 대한 답장에서도 "분하고 절통하다"는 말만 내뱉을 정도로 과거가 그녀의 마음을 뒤덮어버리고 있었다. 아들의 죽음 이후 나혜석은 급격하게 무너져갔다. 생활비를 벌기 위해 그동안 써둔 글 몇 편을 정리해서 잡지에 발표하기도 하지만 이 역시 얼마 가지 않아 그만둔다. 일본 유학을 갔던 딸 나열이 돌아오고, 나열과 연락을 취하기도 하지만 이미 무너져내리기 시작한 나혜석의 정신을 붙잡기에는 역부족이었다. 일제가 망하고 해방이 되고 새로운 시대가 시작되지만 나혜석에게는 아무런 의미가 없었다. 아들 선이가 죽은 그 순간 그녀

사진 22 | 나혜석의 자화상(1928, 수원시립미술관소장)

의 삶은 과거 시간 속에 묶여 정지해버린 것이었다. 이후, 나혜석은 정신이상과 마비증상으로 양로원에 입원, 퇴원을 거듭하다가 1948년 서울시립남부병원 무연고자 병실에서 삶을 마감한다. 52세였다.

경북대학교 인문교양총서

경북대학교 인문교양총서 1 | 한글 편지로 본 조선 시대 선비의 삶
★2011년 문화체육관광부 우수교양도서
백두현 | 10,000원 | 2011.02.28.

경북대학교 인문교양총서 2 | 오직 하나의 독일을
이덕형 | 9,000원 | 2011.02.28.

경북대학교 인문교양총서 3 | 데카르트의 역설
문장수 | 10,000원 | 2011.02.28.

경북대학교 인문교양총서 4 | 미하일 바흐친과 폴리포니야
이강은 | 9,000원 | 2011.06.30.

경북대학교 인문교양총서 5 | 쏘로우와 월든 숲속의 삶
박연옥 | 7,000원 | 2011.08.30.

경북대학교 인문교양총서 6 | 존 밀턴의 생애와 사상
최재헌 | 9,000원 | 2011.09.08.

경북대학교 인문교양총서 7 | 토마스 아퀴나스에게 듣는 인간학의 지혜
이명곤 | 10,000원 | 2011.11.30.

경북대학교 인문교양총서 8 | 노자의 눈에 비친 공자
김규종 | 8,000원 | 2011.12.26.

경북대학교 인문교양총서 9 | 세계화 시대의 한국연극
김창우 | 12,000원 | 2012.01.31.

경북대학교 인문교양총서 10 | 새로운 민주주의와 헤게모니
양종근 | 10,000원 | 2012.01.31.

경북대학교 인문교양총서 11 | 10개의 키워드로 이해하는 아리스토텔레스 철학
전재원 | 9,000원 | 2012.01.31.

경북대학교 인문교양총서 12 | 삼국유사 원시와 문명 사이
정우락 | 9,000원 | 2012.01.31.

경북대학교 인문교양총서 13 | 자연을 닮은 생명 이야기
이재열 | 9,000원 | 2012.01.31.

경북대학교 인문교양총서 14 | 한국 현대 대중문학과 대중문화
전은경 | 10,000원 | 2012.01.31.

경북대학교 인문교양총서 15 | 함세덕, 그가 걸었던 길
김재석 | 10,000원 | 2012.01.31.

경북대학교 인문교양총서 16 | 니체와 현대예술
정낙림 | 10,000원 | 2012.05.30.

경북대학교 인문교양총서 17 | 탈식민주의의 얼굴들
김지현·박효엽·이상환·홍인식 | 10,000원 | 2012.05.31.

경북대학교 인문교양총서 18 | 임나일본부설, 다시 되살아나는 망령
주보돈 | 9,000원 | 2012.07.30.

경북대학교 인문교양총서 19 | 김시습과 떠나는 조선시대 국토기행
김재웅 | 10,000원 | 2012.12.31.

경북대학교 인문교양총서 20 | 철학자의 행복여행
이상형 | 10,000원 | 2013.02.28.

경북대학교 인문교양총서 21 | 러시아 고전 연애로 읽다
윤영순 | 9,000원 | 2013.02.28.

경북대학교 인문교양총서 22 | 민족의 말은 정신, 글은 생명
이상규 | 12,500원 | 2013.08.30.

경북대학교 인문교양총서 23 | 영국 낭만주의 시인들의 자연 친화
김철수 | 7,500원 | 2013.10.10.

경북대학교 인문교양총서 24 | 동화가 말하지 않는 진실 - 그림 형제의 동화
김정철 | 7,000원 | 2014.02.19.

경북대학교 인문교양총서 25 | 교양 일본문화론
★2014년 세종도서 교양부문
이준섭 | 9,000원 | 2014.02.28.

경북대학교 인문교양총서 26 | 훔볼트 형제의 통섭
김미연 | 10,000원 | 2014.02.28.

경북대학교 인문교양총서 27 | 사서삼경 이야기
이세동 | 10,000원 | 2014.08.14.

경북대학교 인문교양총서 28 | 증점, 그는 누구인가
임종진 | 9,000원 | 2014.10.22.

경북대학교 인문교양총서 29 | 토니 모리슨의 삶과 문학
한재환 | 9,000원 | 2015.05.29.

경북대학교 인문교양총서 30 | 사고와 언어 그리고 과학과 창의성
김노주 | 10,000원 | 2015.10.20.

경북대학교 인문교양총서 31 | 괴테, 치유와 화해의 시
최승수 | 8,000원 | 2016.09.09.

경북대학교 인문교양총서 32 | 기억의 정치와 역사
황보영조 | 10,000원 | 2017.05.10.

경북대학교 인문교양총서 33 | 일상에서 이해하는 칸트 윤리학
김덕수 | 10,000원 | 2018.04.27.

경북대학교 인문교양총서 34 | 화두를 찾아서
★2018년 올해의 청소년교양도서
김주현 | 10,000원 | 2017.11.30.

경북대학교 인문교양총서 35 | 쾌락에 대하여
전재원 | 9,000원 | 2018.05.28.

경북대학교 인문교양총서 36 | 유신과 대학
이경숙 | 10,000원 | 2018.06.27.

경북대학교 인문교양총서 37 | 19세기 유럽의 아나키즘
★2019년 세종도서 교양부문 우수도서
채형복 | 10,000원 | 2019.01.29.

경북대학교 인문교양총서 38 | 선비와 청빈
★2019년 세종도서 교양부문 우수도서
박균섭 | 9,000원 | 2019.03.28.

경북대학교 인문교양총서 39 | 물리학의 인문학적 이해
김동희 | 10,000원 | 2019.10.31.

경북대학교 인문교양총서 40 | 비부한선 - 조선시대 노동의 기억
★2020년 세종도서 교양부문 우수학술도서
김희호 | 9,000원 | 2019.12.26.

경북대학교 인문교양총서 41 | 누정에 오르는 즐거움
권영호 | 14,000원 | 2019.12.27.

경북대학교 인문교양총서 42 | 마당극 길라잡이
김재석 | 10,000원 | 2020.06.19.

경북대학교 인문교양총서 43 | 감정, 인간에게 허락된 인간다움
- 다섯 가지 감정에 관한 철학적인 질문
신은화 | 9,000원 | 2020.08.14.

경북대학교 인문교양총서 44 | 일연과 그의 시대
한기문 | 10,000원 | 2020.11.16.

경북대학교 인문교양총서 45 | 대중서사와 타자 그리고 포비아
김상모 류동일 이승현 이원동 | 12,000원 | 2021.2.25.

경북대학교 인문교양총서 46 | 일본 미디어믹스 원류 시뮬라크르 에도江戸
손정아 | 10,000원 | 2021.5.18.

경북대학교 인문교양총서 47 | 막심 고리키의 인간주의
이강은 | 10,000원 | 2021.6.14.

경북대학교 인문교양총서 48 | 최한기의 시대 진단과 그 해법: 통섭형 인재되기
김경수 | 9,000원 | 2021.7.8.

경북대학교 인문교양총서 49 | 순례의 인문학 – 산티아고 순례길, 이냐시오 순례길
황보영조 | 14,000원 | 2021.7.8.

경북대학교 인문교양총서 50 | 새봄, 그날을 기다린다 – 나혜석의 봄은 왔을까
정혜영 / 10,000원 / 2022.5.12.

경북대학교 인문교양총서 51 | 영국 소설, 인종으로 읽다
허정애 / 12,000원 / 2022.5.12.

경북대학교 인문교양총서 52 | 『논어』 속의 사람들, 사람들 속의 『논어』
이규필 / 출간 예정

경북대학교 인문교양총서 53 | 거대한 뿌리: 박정희 노스텔지어
강우진 / 출간 예정

경북대학교 인문교양총서 54 | 자연과의 공생과 생태유토피아
조영준 / 출간 예정

경북대학교 인문교양총서 55 | 철학으로 마음의 병 치유하기
주혜연 / 출간 예정